魔法少女育成計画
PEACEFUL DAYS OF MAGICAL GIRLS
16人の日常
Collection of short stories
Endou Asari
遠・藤・浅・蜊
Illustration
マ・ル・イ・ノ

アニメ化の条件

Contents

イラスト：マルイノ
デザイン：AFTERGLOW

魔法少女育成計画

PEACEFUL DAYS OF MAGICAL GIRLS
16人の日常
Collection of short stories

Endou Asari
遠藤浅蜊

Illustration
マルイノ

KL!
このラノ文庫

INTRODUCTION OF

ルーラ

木王早苗《もくおう・さなえ》

目の前の相手に
なんでも
命令できるよ

スノーホワイト

姫河小雪《ひめかわ・こゆき》

困っている人の
心の声が
聞こえるよ

たま

犬吠埼珠《いぬぼうざき・たま》

いろんなものに
素早く穴を
開けられるよ

リップル

細波華乃《さざなみ・かの》

手裏剣を
投げれば
百発百中だよ

ねむりん

三条合歓《さんじょう・ねむ》

他人の夢の中に
入ることが
できるよ

カラミティ・メアリ

山元 奈緒子《やまもと・なおこ》

持ってる武器を
パワーアップ
できるよ

トップスピード

室田つばめ《むろた・つばめ》

猛スピードで
空を飛ぶ魔法の
箒を使うよ

魔法少女達を
紹介するぽん！

CHARACTERS

ミナエル

天里美奈《あまさと・みな》

生き物以外の
好きなものに
変身できるよ

ユナエル

天里優奈《あまさと・ゆな》

好きな生き物に
変身できるよ

ハードゴア・アリス

鳩田亜子《はとだ・あこ》

どんな
ケガをしても
すぐに治るよ

ヴェス・ウィンタープリズン

亜柊雫《あしゅう・しずく》

何もないところに
壁を作り
出せるよ

ラ・ピュセル

岸辺颯太《きしべ・そうた》

剣の大きさを
自由に
変えられるよ

シスターナナ

羽二重奈々《はぶたえ・なな》

好きな人の力を
めいっぱい
引き出せるよ

スイムスイム

坂凪綾名《さかなぎ・あやな》

どんなものにも
水みたいに
潜れるよ

マジカロイド44

安藤真琴《あんどう・まこと》

未来の便利な
道具を毎日
ひとつ使えるよ

森の音楽家クラムベリー

音を自由自在に
操ることが
できるよ

ネタバレメーターとは？

アニメの視聴が途中で、かつ**ネタバレを気にする方**のために、
本書では各エピソードのタイトルページに
「ネタバレメーター」を表示しています。
このメーターは、**表示されているアニメの話数を観てからのほうが、**
そのエピソードをネタバレなしで楽しめるということを示しています。

Check it! ▶ 6

本書を読む一助としていただければ幸いです。

女騎士の孤独な戦い
ディレクターズ・カット版

マジカルキャンディー集めの競争が
始まるちょっとだけ前のお話です。

Anime ネタバレメーター

1

アニメ**第1話**を観てから読むとちょうどいいぽん!

初出:『特別編集版 魔法少女育成計画』
※本書では再編集を加えて掲載しています。

◇ラ・ピュセル

一ヶ月ほど前からラ・ピュセルは精神鍛錬《たんれん》に力を入れるようになった。

息を限界まで長く吐き、限界を超えて長く吸う。魔法少女活動に入る前の時間帯、スノーホワイトが来る十分前に鉄塔へ登り、鉄骨の上で座禅を組み自分の世界へ没入《ぼつにゅう》する。色即是空《しきそくぜくう》、空即是色《くうそくぜしき》、色即是空、空即是色——心の中を瞼《まぶた》に映る黒一色と同じに染《そ》め上げるべく延々と唱《とな》え続ける。

ラ・ピュセルが精神統一へ心を向けるようになった理由はスノーホワイトにあった。

スノーホワイトは「困っている人の心の声が聞こえる」という魔法を使う。耳と鼓膜が聞こうと思わない音まで拾ってしまうのと同様に、スノーホワイトの魔法も困っている人の心の声は余さずに聞き取ってしまう。これは人間だけでなく魔法少女にも作用する。

そして。ラ・ピュセルは中学生男子である岸部颯太《きしべそうた》が変身した姿だ。中学生男子。ホモサピエンスという生き物の中でこれほど性的なことに関心を持っている存在はない。品行方正な学級委員だろうと爽《さわ》やかなテニス部員だろうと最高学府を目指す勉強家だろうと心の中では桃色の邪念が渦巻いている……自分以外の心を覗《のぞ》いたことはないが、きっとそうに違いないと颯太は確信していた。

もしスノーホワイトに会っている時、疚《やま》しいことをちらとでも考えてしまったら……その考えをスノーホワイトに読み取られてしまったら……それは絶対に避けなければならない事態だ。

アニメを視聴していた時には大して問題視をしていなかったが、魔法少女は全般的に露出度が高い。

普段一緒に活動しているスノーホワイトもそうだ。跳んだり跳ねたりといったことをするにも拘《かか》わらず、スカートがとても短い。ブーツとスカートの間の肌色部分につい目がいってしまう。

スノーホワイト以外の魔法少女にしても、全般的に警戒心が薄い。女子校では男性の目が無いせいで無防備かつ大胆な行動に走る者が多々いる、という話を聞いたことがある。魔法少女達にしても、まさか仲間に男が混ざっていると考えてはいないのではないだろうか。

たとえばトップスピード。空を飛ぶということは必然的に下から見上げられることになる。なのにスカートが短い。箒《ほうき》で飛ぶと裾《すそ》がふわっと揺れ、ブースターを吹かせば裾がはらっと舞い、着地すると裾がひらっと乱れ、なにをしてもスカートの中身が見えてしまいそうでドキドキひやひやさせられる。それだけでなく、本人の気質がフレンドリーであるためか、やたらとボディタッチが多い。背中を叩かれたり、肩を叩かれたり、時には尻まで叩かれたり、その度にトップスピードの身体が対人距離の限界を超えて近寄る。それだけでなく、喜びを表現するためハグしたり、仲良くしようと肩を組んだりもするため、完全な密着状態でラ・ピュセルの頭の中は真っ白になる。

トップスピードとよく一緒に行動しているリップルも露出度でいえば相当なものだ。肩を出し臍《へそ》を出し太腿《ふともも》を出している。いつもピリピリした雰囲気を漂《ただよ》わせているため、ジロジロ見るような機会はもちろんない。ないが、つい先日、トップスピードがリップルを連れてやってきた時のこと。話題が魔法少女のコスチュームに及び「そういやこれって感覚あんのか」とトップスピードがラ・ピュセルの尻尾を握った。慌てたラ・ピュセルは後ろへ転びそうになり、思わず手を伸ばした所にリップルの腹があった……あの時の感触は未だに忘れてはいない。柔らかく、滑らかだった。トップスピードのせいということで、ラ・ピュセルではなくトップスピードが怒られたが、ラ・ピュセルは色々と申し訳ない気持ちでいっぱいになった。

その点ルーラ組は、比較的安心な魔法少女が多い。双子の天使は人間の女の子というよりマスコットキャラクターに近い。ちっちゃいのによく動くなあ、という感じだ。たまもそうだ。チャットでの受け答えや挙動が犬を思わせるものが多く、女の子というより「賢くて可愛らしいペットの犬」に近い。ルーラは――本人の前では絶対にいえないが、他の魔法少女に比べると寸胴《ずんどう》体型で露出度も低く、見ていて微笑ましさしか感じない。この四名は安全、安心だ。もっとも現実での接点が乏《とぼ》しく、安全で安心だからどうしたという話になるが、疚しい思いを抱くことがないのは有り難い。

ただし、ルーラ組の全員がラ・ピュセルにとって無害というわけではない。魔法少女スイムスイム。チャットで初めてアバターを見た時は、スクール水着というコスチュームに対して何の感慨も抱かなかった。夏場の体育の授業でよく見る衣装で、白という色こそ珍しかったが、ラ・ピュセルにとっては特に目新しいものではなかった。しかし後日、道に迷っていたお婆さんの手を引いて門前町《もんぜんまち》まで案内した時のこと。運悪くルーラに見つかり、私達の庭に無許可で足を踏み入れるだなんてと噛みつかれた。ルーラはやかまし屋の先生のようにガミガミとラ・ピュセルを叱り、しかしラ・ピュセルはルーラの隣に立つスイムスイムから目を離せなかった。大きかった。すごく、とても大きかった。学校ではけっして見られないほどの巨大さに、暑さのせいではなく頭がくらくらとし、ルーラの小言もまるで耳に入ってこなかった。

ルーラチームと敵対していると聞くカラミティ・メアリは、一度だけ遠目に見たことがあった。港の方になにか用事があったらしく、怪しい男達を引き連れて歩いていた。なにか悪い取引でもしようというのだろうか、咎《とが》めるべきだろうか、と見ると、上半身はヒョウ柄を使った面積の狭いビキニ、下半身は風に吹かれればめくれあがってしまいそうな薄く短いスカートと、非常に扇情的な格好をしていた。なにより体型だ。スイムスイムと互角か、それともメアリが勝つか。難しい勝負になりそうだ。そんなことを考えていたせいで、あっと思った時にはメアリと男達はいなくなっていた。

この問題でダークホース的存在だったのがねむりんだ。といっても、彼女とも現実で会ったことはない。一度夢に出てきたことがあるのだ。夢の中で見たねむりんは、夢だというのにグースカ気持ち良さそうに寝ており、起こすのも可哀想に思ったラ・ピュセルはしばらくそのまま見ていた。しかしすぐに、チャットでの三頭身アバター時には可愛らしいとしか思わなかった上半身パジャマに下半身靴下のみという服装は、リアル頭身で見るとかなり破壊力が高いことに気がついた。パジャマの裾から伸びる素足は艶《なま》めかしく、しかもねむりんが時折寝返りを打つものだからその度に大変なことになりそうになり、どうしよう起こしたほうがいいのだろうかしかしそれは、などと慌《あわ》てているうちに目が醒《さ》めた。

そもそもラ・ピュセル自身も、コスチュームについて他人をとやかくいえる立場ではない。鎧《よろい》は身を守るために存在するはずなのに、なぜ下半身の装甲《そうこう》が水着や下着に等しいレベルなのか。初めて教育係であるシスターナナに会う時「あなたはなぜ下半身だけ露出度が高いのですか?」とでも聞かれるんじゃないかと思い憂鬱《ゆううつ》だった。だがそんなことはなかった。シスターナナ自身も謎の露出をしていたのだ。

修道女をモチーフとしているはずなのに、ノースリーブでスカートには長いスリット、豊満な胸をベルトで強調し、白いストッキングをガーターベルトで吊《つ》っている。実に背徳的だ。コスチュームを決めたのはシスターナナ自身のはず。いったいどのような思いがあったのか……それを聞くことはできないし、聞くつもりもない。ただ彼女に会う度、身体の線を強調させるそのコスチュームを見て心を悩ませるだけだ。

シスターナナの相棒であるヴェス・ウィンタープリズンは例外的に露出が少ない。冬場であれば一般人の中に混ざっても「綺麗な人がいるなあ」くらいで不自然ではないだろう。だが露出度の少なさが生み出すギャップというものも存在する。一ヶ月ほど前、シスターナナ、ウィンタープリズン、ラ・ピュセルの三人がビルの屋上で雑談をしていた時のことだ。にわかに空が曇って篠突《しのつ》く雨が三人を濡らした。ウィンタープリズンはコートを脱いでシスターナナの頭からかけた。普段コートによって覆《おお》われていたウィンタープリズンの身体は、薄手のセーターを通しても均整の取れた肉付き、特に形の良い胸回りが見て取れ、ラ・ピュセルは慌《あわ》てて目を逸《そ》らした。

このように魔法少女達は危険な存在だ。ラ・ピュセルに疚しい考えを抱かせてしまう。もっとも、問題の本質が魔法少女達にあると声高《こわだか》に主張したところで大した意味はない。重要なのはスノーホワイトとラ・ピュセルの関係だ。

スノーホワイトの魔法はかなり大雑把《おおざっぱ》だ。心の声の内容はだいたいのところでしか把握できないらしい。しかし、もしなにかの拍子に邪《よこしま》な考えを読み取られてしまえば、ラ・

ピュセルの魔法少女生活に終止符が打たれる。それは是が非でも避けたい。そのためには心を無にしなくてはならない。

今のままでは自分の胸が揺れただけでもおおっと思ってしまう。これは駄目だ。立ち上がって尻をはたいた時、触れた感触の柔らかさに驚き、思わず掌《てのひら》を当てて沈みこんでいく肉の心地良さに陶然《とうぜん》としてスノーホワイトから声をかけられるまで我を忘れてしまうか、どうしようもなく駄目だ。

◇スノーホワイト

スノーホワイトにはちょっとした悩みがあった。先輩魔法少女、そして幼馴染《おさななじみ》でもあるラ・ピュセルのことだ。最近顔を合わせる度に、ラ・ピュセルは同じことを固く強く考えている。

スノーホワイトに自分の考えを読まれては困る、と。

スノーホワイトは首を捻《ひね》る。そこまで知られたくないと思ってることに心当たりが無い。

以前、待ち合わせ時間より早く鉄塔に着いたことがあった。鉄塔の上にはすでにラ・ピュセルがいたが、難しい顔をして座りこんでいて、とても声をかけられる雰囲気ではなかった。その後、何度か早めにやってきてラ・ピュセルの行動を隠れて見守った。逆立ちしたり、奇妙なポーズをとったり、剣を巨大にして無闇にぶんぶんと振り回したり、行動がどんどんエスカレートしていく。その姿には鬼気迫るものがあった。

あの奇行も「知られたくないこと」に関わりがあるのか。どうにか力になってあげたいけれど、悩みがわからなければ手助けすることもできない。理由を聞かせてくれないかな、とはいえ無理に聞き出すのも……そんなことばかり考えていたら、授業中先生から注意されてしまった。

悩みながら床《とこ》に就《つ》くと夢を見た。夢の中ではねむりんが可愛らしいいびきをかいて眠っていて、スノーホワイトは「こんな所で寝てたら風邪ひくよ」と肩を揺すって起こしてあげた。

「あれ、スノーホワイト……うーん、寝足りない」

「なにも夢の中でまで寝なくても」

「夢の中だからぐっすり眠れるんだけど……スノーホワイトもなんだか睡眠不足みたいな顔してるね。なにか眠れなくなるようなお悩みでもあるのかな？」

「うん……最近ラ・ピュセルの様子がちょっとおかしくて」

「ここでねむりんがお悩み解決してあげられたらカッコいいんだけど、対人関係のお悩みはねむりんの適用範囲外なのです……というわけで誰かに相談してみたら？　こういうのって一人じゃ解決できないものだったりするよ？　ねむりん以外の誰かならきっと良いアイディア出してくれるよ」

　ふわふわと飛んでいくねむりんに手を振り、目が覚めた。

　起きて思い浮かんだのがトップスピードの笑顔だった。普段から親切でなにかとフォロー役をしてくれる彼女ならきっと頼りになる。チャットで約束を取りつけ、トップスピードのホームへ向かった。

「他人にいえない悩みねぇ……」

「はい。あと一緒にいない時の様子がおかしくて……なんていうか、良心の呵責《かしゃく》に耐えているような」

「ふーむ。魔法少女関係じゃなくて私生活の方か？」

「たぶん……。魔法少女に変身してる時は、だいたい一緒にいますから」

「家族のこととか、友人関係とかか。以前《まえ》から顔見知りだったんだろ？　思い当る節《ふし》ないかい？」

　昔の颯太が脳裏《のうり》に浮かぶ。幼稚園まではいつも一緒だった。小学校に上がり、颯太が男子の友達と遊ぶようになって、少しずつ距離が離れていった。中学以降の颯太については風聞《ふうぶん》でしか知らない。

「思い当る節は、ちょっと無いです。最近は魔法少女以外で付き合いがなかったから……家族の仲は悪くないと思うんですけど、友達のことはあんまり」

「じゃあそっちかね。悪い友達がいる、とか」

なるほど、悪い仲間がいるというのはすごくありそうだ。小雪《こゆき》は、クラスメートの男子が仲間内で悪ぶってみせたりしているのを思い出した。学校は違うが、岸部颯太だって同じ中学生男子だ。本人にその気はなくとも、仲間につられて不良っぽい行動をとってしまうことはあるだろう。

スノーホワイトの顔色が変わったのを見て、トップスピードは続ける。

「仲間の顔潰《つぶ》さないために悪事付き合うってのはよくあるんだ。社会に出て揉《も》まれればもうちょい変わるんだけど、中高生くらいのガキは、考え方にしてもやり方にしても柔軟さがねえんだよな」

トップスピードの話を聞きながら、小雪はさらに想像を膨らませる。そんな子と付き合っていたら、いずれ魔法少女なんて幼稚で馬鹿らしく思えてくる可能性だってある。ラ・ピュセルは魔法少女活動をやめてしまうかもしれない。姫河《ひめかわ》小雪はまた一人だけ置いていかれてしまう。

颯太と離れ、一人で魔法少女アニメを観るようになった時、感じたのは底の無い寂しさだった。もうあんな思いをしたくはない。思い出すだけで涙が零《こぼ》れそうになる。

「そうちゃん、魔法少女、やめちゃうのかな」

口にしてみると本当に泣きそうになってしまう。スノーホワイトは眉に力を入れた。

「魔法少女をやめるなんて一大事だな」

　トップスピードの声もいつになく深刻そうだった。

「俺もいざとなれば一肌脱ぐから心配すんな。まあそれはそれとして、だ。ラ・ピュセルの教育係ってシスターナナだっけ？　そっちの意見も聞いてみた方がいいんじゃねえか？」

　小雪はトップスピードにお礼をいい、急いでシスターナナの元へ走った。

「不良と付き合いがあって、悪い道に誘われてるかもしれなくって。魔法少女もやめちゃうかも……」

　シスターナナは口元に手を当て痛ましげな表情を浮かべ、隣のウィンタープリズンを見た。

「ウィンタープリズンはどう思います？」

「え？　私？」

　問われたウィンタープリズンはしばし目を細め、小さく息を吐いてから話し始めた。

「良くないことを考えてしまう時は身体を動かした方がいい。汗だくに疲れてしまえば、良い悪い以前になにも考えたくなくなってしまうものだから」

　腕を組んで頷《うなず》き、

「なんだったら私が胸を貸してやってもいい。何年か運動部に所属していたこともある」

ウィンタープリズンはシスターナナに目をやった。表情は「こういうのでいいのか？」といっている。シスターナナは微かに微笑《ほほえ》むと、口元から手を外して表情を引き締め、スノーホワイトに向き直った。スノーホワイトは思わず姿勢を正してシスターナナに向き合った。

「人は誰しも悪魔の囁きを耳にすることがあります」

「悪魔の囁き……ですか」

「ズルをすれば楽になる、暴力を振るえば気分が良い……そんな囁きに耳を貸せば、人はどこまでも堕落《だらく》していくでしょう。私もよく悪魔に囁かれるのですよ。欲望の海に飛び込んでしまえと」

「えっ、シスターナナが？」

「ダイエットをしなければならないのに、このお菓子は美味しいぞ、と悪魔が囁くのです」

スノーホワイトは思わず吹き出し、シスターナナもおっとりと微笑んだ。柔らかくなった空気の中、シスターナナは続けた。

「悪魔とは自分、囁きもまた自身の心の声なのです。心に悪が芽生えようとしている時は、大切な人の顔を思い浮かべることです」

「大切な人の……顔？」

「不善を為《な》せば自分だけのことではありません。大切な人を間接的、直接的に巻きこんでしまうということでもあります。犯罪を犯した時、矢面《やおもて》に立たされるのは自分自身ではありません。家族や恋人が受ける傷は本人より大きなものになるでしょう。私ならウィンタープリズンを思い浮かべます」

「ナナは悪いことしないだろ」「たとえばですよ。ウィンタープリズンは誰を思い浮かべるんですか？」「そんなのいわなくてもわかるだろ」等々いちゃつき始めたシスターナナとウィンタープリズンはともかく、その主張には含蓄《がんちく》がある。立てこもり犯のところに親が呼ばれて拡声器で声をかけたりなんていうのはフィクションでよくある光景だ。

今回、説得する役目は刑事ではなくスノーホワイトが担う。大役だ。気合を入れてかからなければ。

――そうだ、もう一つ。

本気で説得するなら変身しないままの方がいいだろう。そうすれば警戒心も薄れるはず。ラ・ピュセルと一緒にずっと魔法少女を続けていくためにも、ここは最善を尽くさなければ。

◇ラ・ピュセル

部活でくたくたに疲れて帰宅、「ただいまー」と家のドアを開けると母親がにやにやしながら出迎えてくれた。颯太は不審げに眉を顰《ひそ》めた。

「お友達、来てるよ」

こんな時間にどこのどいつだろう。誰なのか見当もつかないまま階段を上り、自室の引き戸をスライドさせるとそこには少女が座っていた。ベッドの前に客用の座布団を敷いてちょこんと座っている小柄な少女には見覚えがあり、颯太は「スノー」までいいかけて「小雪」といい直した。

「なんで今ここに?」

「最近さ、そうちゃん……ずっと同じこと考えてるでしょ。そのことで」

血の気が引いた。小雪のいつになく真剣な面持《おもも》ちでなにをいわんとしているのか予想がついた。

――バレてたんだ……!

終わった。全てが終わった。後ろ手に戸を閉め、ベッドに荷物を投げると倒れるようにして小雪の前に座りこんだ。軽蔑《けいべつ》の眼差しを覚悟して項垂《うなだ》れる。

「ねえそうちゃん。魔法少女を続けたいって思ってる?」

声色《こわいろ》には軽蔑が込められていない。顔を上げると、その目にはむしろ労《いたわ》りがあった。

「そうちゃんになにがあったのか、なんとなくわかってる。中学生くらいの男の子ならそういうのはよくあるんでしょ？　トップスピードがそういってたよ」

——トップスピードにも知られてるのか……。

どこまで知れ渡っているのだろうか。颯太の心に暗い影が差した。

「ね、そうちゃん。魔法少女をやめたりしないよね？」

表情だけではない。口調にも必死さがありありと見えた。颯太は自分がなにを問われているのかを察した。これは二者択一《たくいつ》を迫られている。疚しい考えを捨てるか、魔法少女をやめるか。

もちろん颯太もけっして好きで疚しい考えを抱いているわけではない。これは男子中学生の本能であり生理現象なのだ。だが、それを小雪に理解してもらえるだろうか。そもそもうまく説明できるとは思えない。

颯太は頭を抱え、声を絞り出した。

「続けたいよ、魔法少女を。でもどうしようもないんだ」

「トップスピードもいざとなれば一肌脱いでくれるって」

瞬時、颯太の脳裏《のうり》に、服をはだけたトップスピードの姿が投影された。伝法で闊達《かったつ》な口調とは裏腹に、魔法少女の中でも小柄な外見の彼女。幼さの残る肢体《したい》にはまだ固さが残っているようで——

「——揉まれれば柔らかくなるっていってたよ」

「も、揉まっ！？」

「社会に揉まれれば考え方が柔軟になるって……。

「あ、ああ、そういう意味ね」

「ウィンタープリズンもいってたよ」悩み事がある時は身体を動かすといいって」

「ウィンタープリズンにまで……？」

「胸を貸してくれるって」

胸を……⁉　シスターナナにコートを着せた時目撃した、ウィンタープリズンの胸の膨らみ。セーター越しでもしっかりと存在感を放っていたそれを貸してくれる——いやいやいや、違う、胸を貸すなんて普通に使う言い回しだ。なにをどう勘違いする余地がある。

小雪は心配そうに颯太を見ている。ひょっとすると試されているのかもしれない。疚しい考えが頭に思い浮かばないかを確かめるための試験なのか。もしそうだとするなら到底合格しているとはいい難《がた》い。理性では頭の中を抑《おさ》えきれない。颯太は苦し気に溜息《ためいき》を吐《つ》いた。

「ごめん、小雪……でも、自分ではどうにもならないんだ」

「あきらめちゃダメだよ！　シスターナナもね、悪魔に囁かれることがあるんだって」

シスターナナの耳元でいやらしげに囁く悪魔の姿が脳裏に浮かぶ。ダメです、やめてくださいと抗《あらが》おうとするシスターナナは、執拗《しつよう》な悪魔の囁きに抗い切れず、頬は赤く染ま

り、顔や身体には珠のような汗が浮かぶ。やがて悪魔の長い手はシスターナナの肢体へと延びていき——違う！　なにを考えているんだと颯太は激しく首を振った。

「そうちゃん？」

「いや、大丈夫……なんでもない」

「シスターナナがね、心に悪が芽生えそうになった時にはどうすればいいか、教えてくれたんだ」

小雪はこほんと咳払いをし、手を膝の上にのせた。

「悪いことが頭に思い浮かんだ時はさ、そうちゃんのお母さんの顔を思い浮かべるといいよ」

——うっ……！

母親の顔が思い浮かび、胸の内側で荒れ狂っていた嵐が瞬《また》く間に静まっていく。荒げていた呼吸も跳ね返っていた鼓動も全てが平常の数値を取り戻した。

「どう？　効果あった？」

確かに効果はあった。大きな氷を飲みこんだようにして一気に冷めた。だが——

——こ、これはこれできつい……！

弱々しい笑みを浮かべながら、颯太は小雪に向かって頷き、「もう大丈夫」と告げた。小雪は涙を浮かべながら「これからも一緒に魔法少女できるね」と喜んでいる。颯太は一緒に喜びながら、その実酷《じっ》く冷めた気持ちで自分自身を客観視していた。

この日以来、ラ・ピュセルが「スノーホワイトに心を読まれたくない」と思うことはなくなった。ラ・ピュセルは今までと比べて堂々と自信を持って振る舞うようになり、より一層高潔な騎士に相応《ふさわ》しい態度を身に付けることができたという。しかし、時折《ときおり》表情の無いまま遠くを見ていることがあり、その理由はスノーホワイトにさえ語ろうとしなかった。

トップスピード・オブ・トップスピード

リップルが魔法少女になって
しばらくした頃のお話です。

Anime ネタバレメーター

2

アニメ**第2話**を観てから読むとちょうどいいぽん!

本書のための書き下ろしです。

「まあ食えよ。美味《うま》いぞ」

リップルはメンチカツに齧りついた。煮物の汁で下面が湿っている。こういうデリカシーの無いところは正にトップスピードの料理だ。ただし味は良い。

「そのメンチ、美味えだろ？」

「……別に」

トップスピードは頭の後ろに手をやり、困ったような顔で、

「いや、そんな話しに来たわけじゃねーのよ。実は頼みたいことがあってさ」

リップルはメンチカツを咀嚼《そしゃく》、嚥下《えんげ》し、口の中を空けてから舌打ちをした。

「おいおい、なんで舌打ちすんだよ」

「……鬱陶《うっとう》しい」

「えっ、なにが」

「どうせろくな頼み事じゃない……」

「いや、そんな大したことじゃないって」

「金を貸してくれとか……」

「まあ金は関わってくるな」

「やっぱり」

「貸してくれって話じゃねえよ」

リップルはメンチカツの残りに齧《かじ》りついた。煮汁に浸《ひた》っていない部分はサクサクで非常に歯ごたえがいい。

「じゃあ……金をくれ、とか？」

「ダイレクト過ぎんだろ。違えよ」

リップルは、変身前の細波華乃《さざなみかの》である時も含め、誰かから相談を受けたことはなかった。相談し甲斐のない人間であるという自覚はあるし、相談事なんて面倒なだけで聞きたくもないとも思う。が、今は少しくらい聞いてやってもいいかな、くらいの気にはなっていた。この相談に応じてやれば、トップスピードに貸しを作ることができる。トップスピードを助けてやりたい、という気持ちは一割も無いが、偉そうな先輩面《づら》されなくなるかも、というのは大きい。

「……で？」

「え？　でってなにが？」

「なにをして欲しいのか……」

「おお、聞いてくれんのか。ありがとな」

トップスピードは腕を組み、悩ましげな表情で身体を反《そ》らせ、とんがり帽子の先が鉄柵《てっさく》に押しつけられ、ぐにゃりと曲がった。

「マジカロイドなんだけどさ。リップルもチャットで見たことあんだろ」

マジカロイド44。ロボット型魔法少女。魔法少女型ロボットだったかもしれない。妙なやつもいるものだくらいにしか考えず、自分と関わりになるとは考えてもみなかったため、リップルは彼女について詳しくはなかった。

しかし正直に話して「なんだよ相談し甲斐《がい》のねえやつだな。いいよ、じゃあ他の誰かに聞いてみるから」なんてことになれば腹が立つため、いかにも知っている顔で促《うなが》した。

「マジカロイドが……なんて……？」

「俺にしか使えないアイテムを買って欲しいんだとさ」

「へえ……」

「一日しか使えないから早いとこ買ってくれろと」

「ふうん……で、私がなにを？」

「マジカロイドのアイテムさ、興味ないわけじゃねーんだけど、問題は値段が高いらしいのよ。俺、金持ちじゃないから」

「見ればわかる……」

「失礼なやつだなあ。とにかく、金持ちじゃないんだけど、押しに弱いっつーかセールスに弱いっつーか。これはこんなにも素晴らしいものなんですよ！　っていわれると、マジで！　ってついつい買っちゃって後から怒られたりしたことが何度かあんだよ」

それは頭が悪いからだ、とはいわなかった。相手を思いやって黙っていたのではなく、いったところで改まるわけではないからだ。

「今日もそれが心配でさ。で、ここから先はリップルの仕事よ」

「……なに？」

「もし俺が高い買い物しそうになったら適当にフォローしてくれよ。ツッコミ入れるとかそういうのリップル得意だろ？」

「得意じゃない……」

「またまた、この前も――」

「なにをしているんデス？」

二人は同時に振り返り、斜め四十度上を見た。ランドセルのブースターから炎を噴き上がらせ、人型のロボットが中空で浮遊していた。マジカロイド44だ。マジカロイドは徐々に高度を下げ、それに伴いリップルとトップスピードの視線は角度を鈍《にぶ》くし、やがて着地した時には見下ろしていた。マジカロイドはリップルよりも、リップルより小さいトップスピードよりも小柄、というか小型で、幼稚園児か小学生かというくらい背が低い。

「いやいや、ちょっと雑談してただけよ」

「問題ないなら良いのデスが」

背中のブースターから噴き上がっていた炎が消え、マジカロイドは顎先《あごさき》を上げた。リップルと目が合い、その圧倒的なロボット感、非現実性に気圧《けお》され、しかし目を逸《そ》らすのは嫌だったため見返した。

「チャットではお会いしていマシタね。マジカロイド44デス」

「……どうも」

リップルは「忍者」というモチーフが正統派魔法少女の範疇《はんちゅう》から外れることを自覚し、アバターを作る時もう少し気を遣《つか》っておけばよかったと後悔した。最近は「忍者も悪くないな」と思えるくらいにはなってきていて、当初抱いていた忍者モチーフへの不満は薄らいでいたが、マジカロイドを見て魔法少女らしさに拘《こだわ》っていた自分を思い出した。マジカロイドはこれっぽっちも魔法少女らしくなく、それどころか人間らしくさえなかった。チャットでアバターを見た時は「デフォルメされているからこうなっているのだろう」「実際はロボットのコスプレっぽい感じなのだろう」と思っていたが、こうして目にするとロボット以外の何者でもない。質感はプラスチックで両目がほんのり赤く光っている。マジカロイドはリップルに近寄って身を屈《かが》め、まじまじと足元を見た。

「よくそれで歩けるものデスねえ」

下駄《げた》のことをいわれた、と気付くまで若干《じゃっかん》の時間を要した。横からトップスピードが口を挟む。

「それでよく動くもんだってならマジカロイドの方がすげえだろ」

「そりゃそうデス。お互いさまデスね」

二人は声を合わせて笑った。マジカロイドも表情は変化しているようなのだが、いまいち感情を読み取ることができない。唐突に笑い止み、サイドの袋に手を入れ「じゃじゃじゃじゃーん」とBGMらしき音を口にした。その手には、今までに見たことがないタイプの機械が載っていた。形、サイズ共に豆腐程度の直方体で、ケーブルやコード、細いパイプのような物がはみ出している。

「魔法の箒《ほうき》用性能強化マシーンデス」

「えらくピンポイントなアイテムだな」

「ピンポイントだからこそ、ここにお持ちしたのデスよ」

「なるほど、もっともだ」

トップスピードは腕組みして頷いた。

「でも問題はそこじゃねーからな」

「おや？　問題がありマシタか？」

「シスターナナから話は聞いてんのよ。マジカロイドのアイテムって一個一万円でその日のうちしかもたねえんだろ？　で、今は十一時だから今日はあと一時間くらいで終わるだろ。てか俺門限あるから一時間じゃなしに精々《せいぜい》四十分くらいだろ。四十分だけのために万札一枚飛んでくってそりゃねえよ」

マジカロイドは口元に手を当てて声を落とした。

「そこは逆に考えてくだサイ」

「どう逆に考えんだよ」

「四十分だけの使い捨て、なのに一万円。つまり」

マジカロイドの声がさらに低くなった。

「それだけ高性能、ということデス。トップスピードサンならおわかりだと思いますが、バイクや車だってコンマ一秒タイムを縮めるために途方もないお金がかかりマス」

「なるほど」

なぜかトップスピードの声まで低くなっている。

「走り屋であれば、たとえ四十分とはいえ自分のマシンを強化するためこれくらいの出費を惜しんではいられまセンよ。ましてN市最速のトップスピードサンであれば」

「一理あるな……」

「ああ、こうしている間にも貴重な時間が……残り四十分だったのが三十五分に」

「むむむ」

トップスピードの身体が前のめりになっていくのを見て、リップルは強く舌打ちをし、マジカロイドを睨《にら》みつけた。マジカロイドは怯《ひる》んだように口元を歪《ゆが》めて咳払いし、その仕草はあまりにも人間らしく、外見と相俟《あいま》って酷《ひど》く奇妙に見えた。トップスピードはリップルに目を向け、マジカロイドから見えない角度で親指を立てた。

「うん、高いな。やっぱ高い。買うのはやめとこう」

「ええ、ええ。ご意見ごもっともデス。今日は特別価格、半額の五千円で」

「マジで！　半額かよ、こりゃお得だな……」

リップルは舌打ちをした。

「ん？　いや、いやいや！　やっぱり高えな」

「さらに半額で二千五百円……」

「ほう……！」

リップルの舌打ちが響いた。

「いや、それでもちょっと……」

「……を、五月病全快記念で五分の一にして五百円でお買い求めいただけマス」

舌打ちを三度しただけで価格が二十分の一になった。

アイテムは今日いっぱいしかもたないわけで、腐らせるよりは捨て値で放出した方がマシ、ということなのだろう。いくらでも相手の足元を見ることができる取引だ。

しかしトップスピードは素直に喜び手を打った。

「マジかよ。95％オフとか閉店セールみたいなもんじゃん」

もっと値引きさせることも不可能ではなさそうだが、さすがに十分だろう。五百円まで値下げさせたのだから責は果たしたといっていい。

リップルは口の中で音を調整し、高めの音で舌打ちした。トップスピードは高い舌打ちに対して「よし」と頷き「五百円なら買った」と続けた。

「今舌打ちで会話してませんデシタ？」

「気のせいだろ。それよりマシンに不具合発生したりしねえだろうな」

「マジカロイド印のアイテムが不幸をもたらした事例は過去一度たりともありまセン」

「そりゃこれまではそうかもしれんけど」

「これから先もずっとそうだとワタシは確信してマス」

「よーし信じたからな。嘘吐《つ》いたら針千本だぞ。んじゃ善は急げだ」

「おお、素晴らしいご決断。では早速取りつけマスので魔法の箒《ラピッドスワロー》をこちらに」

マジカロイドはラピッドスワローの下に寝転がった。浮いている箒の穂先部分を二つに割り、なにやらカチャカチャという音が聞こえて三十秒もしないうちに「よっ」と身体を起こし、箒を押しやるようにトップスピードの前に出した。

「完成デス」

「流石《さすが》手早いな」

「そういう商売デスので」

商売、ということはそれで金を稼ぎ飯を食っているということだろうか。魔法少女の力を金儲けに使うことができればいいのにな、と一度ならず考えたことのあるリップルはその辺マジカロイドに訊いてみたかったが、口元に手を当てて笑みを隠そうとするロボットの姿にそこはかとない胡散《うさん》臭さを感じ、黙って見ていた。

「おおっ、マジで性能上がってるぞ！」

「そりゃそうデス。マジカロイド印のアイテムデスから」

「けっこうなパワーだな。こりゃやべえ」

空ぶかし、空中で一回転、二回転、縦一回転。トップスピードは「キレが違うぜ」と歓声を上げたが、リップルの目には今までのラピッドスワローとなにが違っているのかわからなかった。

「んじゃ早速流しにいこうぜ。ここでぴょんぴょんやってるだけじゃつまんねえ」

「では、お出かけになる前に」

マジカロイドは右手を差し出した。

「五百円になりマス」

「いやあ、いい買い物したな」

トップスピードはがま口から五百円玉を取り出してマジカロイドに渡し、マジカロイドは受け取った五百円玉をランドセルの脇に吊るした布袋に落とした。

「毎度ありがとうございマス。これもまた経済活動の一環《いっかん》。活発に現金を流通させることも社会への貢献《こうけん》。社会奉仕が基本の魔法少女としても間違ってはいない行いデ……」

「ほらリップル、座れ」

装置に対して懐疑的なリップルだったが、断ると乗る乗らないの押し問答で無駄な時間を費《つい》やしそうだった。どうせ今日が終わるまでの辛抱だと割り切ったリップルは、舌打ちを一つ入れて後部座席に跨《また》がった。

「それじゃワタシも」

「あん？」

「途中不具合が起こったら修理するためデス。五百円は保険と技術料込デス」

「ほうほう……で、本音は？」

「その箒、一度乗ってみたいと思ってたんデスよね」

「マジカロイドは自力で飛べるじゃねえか」

「自力と他力はまるで違いマスし、それよりなにより魔法の箒というのは一度くらい乗ってみたいと女子に思わせる浪漫アイテムなのデスよ。ワタシ『魔法の運び屋ブラッドレイヴン』とか好きデシタし」

ロボットは女子に入るのだろうか。

トップスピードは「しょうがねえなあ」と呟《つぶや》き、しかし言葉ほど困ってはおらず、どちらかといえば喜んでいた。「魔法の箒」を褒《ほ》められて喜んでいるのだろう。マジカロイドの襟元《えりもと》をむんずと掴《つか》んで持ち上げ、リップルの前に座らせた。というよりぎゅっと詰め込んだ。

リップルは舌打ちをした。

「なんだよリップル」

「狭い……」

「ちょっとだけ我慢しててくれよ」

「邪険にしないでくだサイよ。ワタシのことは幸運の置物とでも思っていてくだサイ」

「図々しい……」

「よくいわれマス」

「準備できたな？　お前ら、しっかり掴まってろよ」

「準備は万端デス」

「ふん」

「よっしゃ、それじゃいつものルートで行くぞ！」

ラピッドスワローは見えない糸で引っ張り上げられるように抵抗なく急上昇した。

「ヒュウッ、やべえなコレ」

言葉の調子、箒の動き、トップスピードのピンと伸ばした脚、全てが機嫌の良さを示し、対照的にリップルの機嫌は下方向へ向かい、この無意味な飛行が早く終わればいいのに、と思って舌打ちをした。

トップスピードはリップルの舌打ちが聞こえているのかいないのか、箒を宙返りさせ、錐揉《きりも》みさせ、いつも以上のアクロバットを楽しんでいる。

リップルは溜息を吐き、下界を見下ろした。

海の方では釣り船の明かりが点々と灯《とも》っている。街並がどこよりも盛大に光り輝いているのはカラミティ・メアリの城南地区だろう。あそこは不夜城だ。中宿の方はそこそこに瞬《また》いていた。山の方面は街灯と車のライトくらいのもので薄暗い。

と、下界の明かりが小さくなっていくのに気付き、リップルは舌打ちをした。この期《ご》に及んで高度が上昇している。つまりトップスピードにはまだまだ着陸するつもりがないということだ。いつまでこの茶番に付き合わされるのか。

リップルは舌打ちをした。トップスピードは気にしていないようだ。

リップルはより強く舌打ちをした。トップスピードはやはり気にしていない。

リップルはこれ以上なく大きな舌打ちをした。

「帰る……」

トップスピードは振り返ろうともせず、リップルの言葉を無視した。リップルは流石にムカッときて、トップスピードの肩に手を置こうとし、しかし手が触れる直前でトップスピードが叫んだ。

「すげえ！」

ラピッドスワローが右に、左に、ジグザグに空を駆けた。

「すげえ！　スピード！　パワー！　小回り！　現役時代を思い出すぜえ！」

速度が上がった。雲を切り裂き箒が飛ぶ。圧が増し、一瞬だが音が飛んだ。リップルは舌打ちし、トップスピードの肩を掴んだが即振り払われた。

「いける！　もっといけるぜ！　どこまでも！　どこまでも！」

「止めろ……トップスピード……」

ラピッドスワローが小刻みに震え、トップスピードがまるでいうことを聞かないというかつてない事態にリップルは困惑した。それでも肩に手をかけようとし、パン、と跳ねのけられた。トップスピードは完全に出来上がってしまっている。

胸のあたりから呻《うめ》くような声が聞こえた。

「えらく揺れてマスが、いつもこんな感じなんデスか？」

「いや……」

明らかにいつもより速い。そして荒い。

ラピッドスワローが急降下し、リップルは慌てて箒の柄にしがみついた。下は川だ。革面ギリギリを舐めるように飛び、水を切り裂き、しぶきを高々と上げた。

トップスピードが吠えた。ラピッドスワローが捻りを入れて橋の下を潜《くぐ》り、リップルは身体の中で内臓が動く感触を覚えて気色悪さに身震いした。トップスピードは「俺は誰よりも自由だ！」とコロセウムで戦う悲しき奴隷《どれい》戦士のように叫んだ。

トップスピードは続けて「オッケーイ！」と叫び、箒の速度がさらに上昇した。何一つとしてオッケーではなかった。箒は上下左右に揺れ、リップルは歯を食いしばって両手で箒の柄を掴み、とにかく振り落とされまいとするだけで精一杯だ。

「えっ、いつもこんな感じなんデスか？　ホントに？」

「いつもはこんなこと……」

川に合わせて箒が蛇行すると、視界に暗渠《あんきょ》の入口が入った。ぶつかる！　と反射的に身を竦《すく》めたが、箒はすっぽりと暗渠の中へ入っていく。リップルは悲鳴を飲みこんで身を屈《かが》め、マジカロイドは飲みこむことなく悲鳴を上げた。

「あああああ！　危ないじゃないデスか！」

「危ないのはさっきから……」

暗渠から出、月の光を浴びたと思う間もなく、すぐそこに護岸《ごがん》された土手があった。ラピッドスワローは跳ねるように上昇し、一部を削り飛ばしながら土手を超えた。

トップスピードはここまでの危険運転をする魔法少女ではない。それにリップルがやめろと命ずればまずやめる。やめてから「なんでやめないといけないんだよ」「俺は別にやめる必要ないと思うけどな」「俺の腕を信頼できないのかよ」等々反論するが、言葉を無視して暴走することはなかった。今のトップスピードは明らかに常軌《じょうき》を逸している。

「ちょ、危《あぶ》っ、ホントッ、危っ」

「あ、く、あ、き」

声を出そうとするだけで舌を噛みそうになるが、声は意図することなく自然に漏れる。

そして揺れが激し過ぎるせいでまともな声にはならない。

「これ、ちょっ、待っ」

「マ、マ、マジカ、ロイド」

「な、なんでえええええええ！」

急な加速で頭を持っていかれそうになる。リップルは前傾姿勢でマジカロイドの後頭部に顎をのせてなんとか耐えた。箒は速度に乗って空をかっ飛んでいる。速さがあるため先程までの劣悪な搭乗環境に比べると話ができるくらいには安定していた。リップルはマジカロイドに話しかけた。

「に……逃げよう……」

「はい？」

「この馬鹿置いて飛んで逃げよう……私もマジカロイドに掴まっていく」

「無理デスね」

ラピッドスワローが窪地を抜け、大量の土砂が舞い上がった。

「というかこれちょくちょく衝撃波出てマスよね。さっきからところどころで音速突破してマス。何度も何度も、降りよう、でも危ない、を繰り返しているのデスよ」

「それは……」

「だから逃げたくても逃げられないんデスってば。それより今のワタシの位置、真ん中じゃないデスか。どこかに落ちたりしてもお二方の身体がクッションになって少しくらいはダメージ軽減してくれないデスかね、ハッハッハ」

笑い声はしりすぼみに消えていき、最後は溜息になった。

「オラァ！」

トップスピードが叫んだ。マジカロイドは声を震わせ「なんデスか」と応じ、トップスピードはマジカロイドの言葉に若干被《かぶ》せ、

「記録狙うぞォ！」

マジカロイドの返事を待たなかった。ラピッドスワローは前進しながら回転し、樹と樹の間をすり抜けた。バラバラになった樹が、遥か後方で高々と跳ね上がっている。マジカロイドはバランスを崩して右側によれ、慣性に襲われ今度は左側によれ、右手が箒の柄を離れ、掴み直そうとしたが空振りし、左手が滑り、身体が宙に浮き――

「ぬおおおおおお！」

ロボットのイントネーションを捨て、マジカロイドが吠えた。ブースターの炎を点火、落下の瞬間方向を変え、リップルが伸ばした手をがっちり掴んだ。感触はプラスチックに

近く、しかし握り方、力の入れ方が人間のそれだった。リップルはマジカロイドを引っ張り、マジカロイドはリップルの腰に提げてあるしろいぼんぼんを握って自らの身体を引き上げた。マジカロイドはリップルの腰にしがみつき、内臓が締めあげられる程度には苦しくなったが、緩めろといえる状況でもない。

「マジ危ないマジ危ないアレどういうこと死ぬかと思った」

「口調……」

「ああ、失礼。つい素《す》が出マシタ」

「いけいいけいけェ！」

「操縦している方も素デスね」

「まったく……」

「ぶっとべえええええ！」

「ぶっとべっるか……」

「リップルサン相棒ならどうにか止めおおおおおおお！」

「つぶねえ……！」

「ヒィイイイヤアッハア！」

トップスピードは歌うようにがなり立て、ラピッドスワローは更に動きを変えた。山の表面を撫《な》でるように飛び、樹に、岩に、いつぶつかってもおかしくはないギリギリの軌道で山肌を掠《かす》めた。直接触れてはいないのに、近寄っただけで岩だろうと土だろうと砕け、吹き飛ばされる。マジカロイドはリップルにしがみつき、リップルは腰に回されたマジカロイドの手を握った。リップルはロボットの手を握り、「ああ」と思った。なんの脈絡もなく唐突に理解した。あまりにも攻めているせいで気付くのが遅れたが、これはトップスピードが箒を流す際によく使うコースだ。暗渠でショートカットしたり、山を使って曲芸飛行したりしているが、確かにコースとしては間違っていない。

だが行為としては確実に間違っていた。ラピッドスワローに蹴散らされて土が跳ね、口の中に泥が入ってきてリップルは咳きこみ、リップルが咳きこんで身体を揺らしたせいでマジカロイドが叫び、マジカロイドの叫びに呼応するかのようにトップスピードが吠え、ラピッドスワローの速度が上昇していく。

「リップルサン、なんとか、こう、なんとか、こう、なんとか」

「な、な、ななな、なんとか?」

「もう、とにかく、とにかくなんとか、なんでもできることうおっ！　ひいっ！」

しがみついているだけでなにができるというのか。リップルは考えようとしたが考えるだけの余裕がない。なにかしなければと思っても叫ぶだけだ。

「トップスピード！　ストップ！　ストップトップスピード！」

「トップスピードサン！　止まって！」

た。


「どこまでも飛べェ！」

棒にコイルを巻くように、山の中の高速道路に沿ってぐるぐると回転しながら飛行し、リップルは声が出ず、マジカロイドはリップルの背に顔を押しつけガタガタと震えていた。ほぼ直角に曲がって高速道路を離れたところで、リップルはようやく息をつくことができた。

いつどこで事故を起こしても全くおかしくない飛び方をしている。

「聞け！　ストップ！　本当ストップ！」

「止まらないと死ねえ！」

「ハウス！　ハウス！」

「死ね！　死ねえええ！」

「イイイイイヤッホウウウウウウウ！」

ラピッドスワローが半回転し、重力の方向が逆さまになったことでマジカロイドが宙吊りになり、リップルの胴にマジカロイドの全体重がかかった。下は森林が広がっていて、尖った樹の先が槍衾《やりぶすま》に見えた。

「くる、苦しっ」

「あぶぶぶぶぶぶぶぶ」

「いけェ！　どこまでも！　進めェ！　ラピッドスワロォォォォオオオオオ！」

ラピッドスワローがぶぅんと揺れ、半回転して重力の方向が元に戻った。マジカロイドが泣き叫んだ。リップルも叫んだ。叫んだが、叫んでも事態は解決しない。ラピッドスワローの軌道がぶれ、穂先の枝が一本吹き飛んで後方へ消えていった。トップスピードは弾かれたように頭を揺らした。

「しゃあああああああああ！」

「うおおおおおおおおおお！」

「ぎゃああああああああああ！」

ラピッドスワローは徐々に機首の角度を落とし、リップルは叫び、マジカロイドは泣き、トップスピードは笑った。海が見え、機首を起こし、落水寸前で機体を引き起こした。水飛沫《しぶき》が上がり、口の中に、鼻の中に、塩辛い水が入り、リップルはむせた。むせながら胴を締められ、呼吸することもできずにもがき、マジカロイドは暴れ、ラピッドスワローが大きく跳ねた。リップルは必死でしがみつき、そのリップルにマジカロイドがしがみつく。

そして——リップルは顔を上げた。

そこで唐突にラピッドスワローの速度が落ちた。

乗っていた者にとってはいきなり止まったに等しい失速ぶりに、まずトップスピードが箒から放り出されて高々と宙を舞い、リップルの手も箒の柄から離れ、身体は慣性に従って放り出された。リップルの腰から手を離さなかったマジカロイドがブースターを噴射させようとしたが、噴射する前に海に落ちた。

リップルは海面から顔を出して口の中の水を吹き出した。最後に残っている記憶はトップスピードによる巨大な水柱だった。しばらくそのまま仰向けで呆然《ぼうぜん》と海面を漂っていたが、やがて生き残ったという実感が胸の内から沸き起こり、安堵《あんど》の舌打ちをした。水のはねる音に目を向けると、マジカロイドがラピッドスワローにしがみついていた。その向こうにはトップスピードも浮かんでいる。

やがて三人は浜辺に打ち上げられ、よろよろと立ち上がった。

ふとトップスピードは、何かに気づいたように魔法の端末をを取り出し、画面を確認した。歯を噛み締めて呻き、苦しそうな表情を見せて顔を手で覆《おお》い、天を仰《あお》いだ。

「ちっくしょー！　絶対コースレコードだと思ったのに！　カウントしてねえし！　てか門限過ぎてるし！　帰ったら怒られんじゃねーか！」

リップルは魔法の端末を取り出し、時刻の表示を見た。午前十二時十分を示している。マジカロイドは絞り出すように「アイテムの試用期限は零時まで……」と呟き、リップルは力が抜け、倒れそうになったところへすかさずマジカロイドが肩を貸し、一人と一機はしばし見詰め合い、一言も口にすることなく抱き合った。マジカロイドは肩を震わせ、リップルは優しくマジカリウム合金の背を撫でた。

「おい……タイムどうなったんだよ。よく覚えてねーけどさ、俺、かなり攻めたと思うぜ」

トップスピードが疲弊《ひへい》と困惑がないまぜになった顔でリップルとマジカロイドを見ていた。彼女の帽子は海水によってへたれ、とんがり部分が潰れていた。

リップルは小さく舌打ちをした。

魔法少女のお約束

スノーホワイトとラ・ピュセルが
コンビになってすぐの頃のお話です。

Anime

ネタバレメーター

2

アニメ**第2話**を観てから読むとちょうどいいぽん!

本書のための書き下ろしです。

それは魔法少女チャットでのことだった。

「私、魔法少女にずっと憧《あこが》れていたんです。だから本物の魔法少女になれて嬉しくって」

「スノーホワイトさんは生き生きと魔法少女活動をされていますものね」

「子供の頃から魔法少女アニメばっかり観て、魔法少女アニメで育ちました。古い魔法少女アニメのDVDを借りて、口上《こうじょう》を練習したりして」

「古い魔法少女アニメ？　みこちゃんとか？」

「いえ、キューティーヒーラーの初代です」

「ああ、世代によっては初代キューティーヒーラーも昔のアニメですね……」

「登場シーンの決めポーズに決め台詞《ぜりふ》、ぜーんぶ暗記したんです」

「ああ、私も覚えたな、キューティーヒーラーの必殺技」

「ラ・ピュセルも？」

「キューティーアローとか、キューティースピアチャージとか……懐かしいな、あの頃はテレビの前で釘付《くぎづ》けになって観ていたっけ」

「わたしは必殺技よりも決め台詞派だったなあ」

「キューティーヒーラーは台詞も格好いいですからね」

「そうそう、そうなんですよ！　悪者達が暴れているところに、とうっ、と現れて、こうポーズを決める。そして台詞が……純潔を司《つかさど》る白き癒し手キューティーパール！　情熱を司る黒き癒し手キューティーオニキス！　心を壊した悲しき人形、あなた達の魂も癒してみせる！」

「おお、すごいなスノーホワイト。完全にコピーしてるじゃないか」

「確かにそんな感じでした。よく覚えていますねえ」

「えへへ、たくさん練習しましたから。あと、キューティーヒーラーストライプ、あれもできますよ。サバンナを駆る白と黒のハイブリッド、キューティーゼブラ！　竹林を統《す》べる白と黒のメルト、キューティーパンダ！　大海原をゆく白と黒のアバンチュール、キューティーオルカ！　氷原を滑《すべ》る白と黒のシャッフリング、キューティーペンギン！　白、黒、どちらも正しくどちらも美しい！　どちらかだけなんて、私達が選ばせない！」

「おお、すごい。追加戦士の入った後期バージョンじゃないか」

「一人一人のポーズまでよく覚えていますねえ」

「ラ・ピュセルの好きなキューティーヒーラーギャラクシーも」

「いや、好きっていうか」

「ほら、一緒にやろうよ」

「ええ……しょうがないなあ。それじゃ……こほん。愚《おろ》かしいな、キューティーヒーラーども。貴様らがもがき足掻《あが》けば、それ即《すなわ》ちスペースカオスの喜びであり……」

「ちょっと待ってよラ・ピュセル！　それダークキューティーじゃない！」

「えっ、そうだけど」

「二人合わせてやるっていったらキューティーベガとキューティーアルタイルに決まってるでしょ」

「別に決まってるなんて……私はダークキューティーの方が好きだから」

「正義の騎士なのに悪役が好きなんて変なの」

「フィクションなんだから悪役が好きだっていいじゃないか」

「その気持ちは理解できますね」

「えっ、シスターナナわかるんですか？」

「『盗賊と王女』という古いアニメ、ご存知ありません？」

「ああ、昔夏休みの子供アニメスペシャルで見たことあります。盗賊が王女様を攫《さら》って一緒に暮らしていくうちに仲良くなっていく、ってストーリーでしたっけ」

「私も覚えてる！　王女様がかわいいんだよね」

「悪いことをせず、真面目に暮らしていると……時に思うのです。あのように誰かに、強引に攫われたい……と」

「ちょ、ちょっと待ってシスターナナ。話が逸《そ》れている」

「失礼しました。では、スノーホワイトさんのお話で気になることを一つ」

「えっ、なんですか」

「キューティーヒーラーの決め台詞、決めポーズ、どれも素晴らしいものでした。ですが、あなた程の魔法少女ファンであれば……オリジナルの自分用決め台詞と決めポーズを用意されているのではありませんか？」

「えっ……あ、はい……実は……」

「そうだったのか。じゃあせっかくだから見せて欲しいな」

「やめてよラ・ピュセル。恥ずかしいよ」

「本物の魔法少女なんだから恥ずかしがることはないじゃないか」

「そうですよ。私もスノーホワイトさんの決めポーズ、見たいです」

「そう……ですか？　じゃあ……こほん。愛のため！　友のため！　世界のため！　いつでもどこでもあなたのお悩み解決します！　よろず相談魔法少女、スノーホワイト！」

「おおーっ」

「ポーズの流れがすごいですねえ」

「いいね」

「あれだけ複雑な動き、よくスムーズにやれるもんだなあ」

「それは……たくさん練習したから。ねえラ・ピュセル。私にばっかりやらせてないでさ、ラ・ピュセルのも見せてよ」

「そういわれても、私はオリジナルの決め台詞も決めポーズも考えてないから」

「えーっ、つまんないの」

「そうですね……ではこの場で考えてみるというのはいかがでしょう」

「それいいですね！」

「そんな、無理して考えなくても」

「無理なんてことはありません。皆で知恵を出し合えばきっと良い案が出てくるはずです。たとえばウィンタープリズン、貴女《あなた》ならどんなポーズを？」

「えっ」

「やってみてくださいよ」

「う、うん……ええと、ううん……では、こう、足を踏み締め、腕をぐるりと回して……変……身！　とうっ」

「魔法少女……らしくなくなりましたね……」

「うん、ヒーロータイムっぽくなっちゃったね」

「すまない……」

「そ、そんな……謝らないでくださいよ」

「そうですよ、みんなで一緒に考えましょう」

それから長時間に渡り四人の魔法少女による話し合いが行われた。自分の決めポーズをここまで真剣に考えてくれる魔法少女仲間達にラ・ピュセルは心の中で感謝した。

スノーホワイトは古今の魔法少女アニメ知識を総動員して知恵を絞った。

「『へるぷみー！　ひよこちゃん！』の決め台詞はさ、普段は泣き虫だっていうギャップがあるからいいんだよね。だからラ・ピュセルも普段は泣いてばっかりっていうのはどうかな」

シスターナナはキャラクターとしての設定を作ることを提案した。

「龍《りゅう》の呪いによって全身が徐々に龍と化していくんです。時折思考までが龍に染まりかけ、我《われ》を忘れて人間を攻撃しそうになり、絶望して闇に堕ちていく……いいと思いませんか？」

ウィンタープリズンは基本的なプランを考えてくれた。

「激しいアクションによって見る者に感動を与えよう。そのためにはまずアクションに耐え得る身体を作らなくてはならない。大切な人を守るためのトレーニングと並行して練習すれば一石二鳥になるのではないだろうか」

議論百出《ひゃくしゅつ》、激しい遣《や》り取りが繰り広げられ、途中、チャットルームに入ろうとしたたまが恐れをなして即退室するといったアクシデントを挟みつつ、最終的には全員が満足のいく素晴らしい口上を作り出すことができた。

「見参！　抜剣《ばっけん》！」

手足は短い上に動きまで制限されているチャットルーム用のアバターを使い、ラ・ピュセルは見事にアクションを決めながら剣を抜いてみせた。

「魔法騎士、ラ・ピュセルここにあり！　血を啜《すす》り肉を喰らう悪党ども！　裁きの神剣《しんけん》、受けるがいい！」

ピタリと剣を構えて数秒後、チャットルームは拍手コマンドに包まれた。

「かっこいい！」

「うん、いいね」

「素晴らしいです」

「ありがとうございます、みんな、本当にありがとうございます」

ラ・ピュセルは繰り返し礼を述べながらチャットルームを後にし、相棒であるスノーホワイトも彼女を追ってチャットルームから退室した。そして、話はここで終わらなかった。

◇◇◇

魔法少女チャットはログが保存される。複数の魔法少女がこの夜のチャットログを閲覧し、多かれ少なかれ感銘を受けた。魔法少女になるまで「魔法少女育成計画」をプレイしていたという時点で、なんだかんだで魔法少女という文化が好きだった。毎週テレビで楽しみにしていた憧れの魔法少女のように、華麗に、格好良いポーズと口上をキメてみたい。閲覧者《えつらんしゃ》達はそう思った。

◇ラ・ピュセル

皆で知恵を絞って決め台詞と決めポーズを考えた。既存のアニメの魔法少女と比べても遜色《そんしょく》ない、贔屓目《ひいきめ》抜きで素晴らしい台詞とポーズになったと思う。

ただ少しばかり戦闘ヒロイン方面に寄りすぎているのではないかという気がした。一人で使うならそれでもいい。ラ・ピュセルは騎士で、騎士は戦うためにいる。問題はスノーホワイトと合わせた時、お互いのポーズも台詞も違い過ぎて噛み合わないのではないか、ということだ。向こうはほんわかしていて、こっちはビシッとしている。これでは合わない。こちらに合わせて変えろ、というわけにもいかないので、こちらが向こうに合わせた台詞とポーズを考えるのが良いのだろう。

せっかく皆で考えた台詞とポーズを捨てるつもりはないので、二通り作って状況次第で使い分ける、ということに決めた。日常シーンは日常シーン、戦闘シーンは戦闘シーンとTPOを弁《わきま》え使い分けることでどちらにも対応できる。

「ええと、小雪《こゆき》がこっちで、僕は……こうかな？　それとも前後にズレるとか……。剣は危ないから逆手でこっちの手に持ってと……バランスはこれくらいで……もうちょっと、く、くっついたほうがいいかな？　いや、でもこの距離はちょっとギリギリ……もちろんいやらしい気持ちではないんだけど！」

といったことを家に帰ってから朝まで考えていたため、岸部颯太《きしべそうた》は翌日の数学の時間に居眠りし、中学生にもなって廊下《ろうか》に立たされるという屈辱《くつじょく》を味わうことになった。

◇シスターナナ

「昨日のチャットは楽しかったですねえ」

「うん」

「あの後レンタルショップで借りてきた『盗賊と王女』も面白かったですし」

「久々に観たよ。けっこう記憶と違っているものだね。小さい頃は盗賊が怖くて仕方なかったけど、今観たら意外と悪いやつじゃないな」

「ウィンタープリズンもあんな風に私を攫ってくれるんですよね？」

「いや、それは……それよりもあれだ、ラ・ピュセルだ。彼女も無事にオリジナルのポーズと台詞を作ることができて良かった」

「ええ、確かに……見てて羨《うらや》ましくなりましたもの」

「私達には無いじゃないですか、ポーズも、台詞も」

「羨ましい？」

「別に必要ないと思うけど」

「そんな寂《さび》しいことをいわないでください」

「寂しい？　寂しいかな？　シスターナナを寂しがらせるのは本意じゃないな」

「そういっていただけると嬉しいですけど、考えていただけるんですか？」

「そうだな。じゃあこういうのはどうだろう。我が名はウィンタープリズン。聖女の守護者なり。今日も可愛いね、シスターナナ」

「途中までは良かったのですが……最後の一言があまりにも個人的過ぎませんか？」

「聖女を害す者よ。貴様の行き先は冬の牢獄《ろうごく》、看守はこのヴェス・ウィンタープリズンが務める。全てはシスターナナのために」

「私の名前出すのやめません？　なんだか私に話しかけているみたいですよ」

「シスターナナに話しかけているんだからこれでいいんだよ」

「普通、決め台詞は誰にでも使える汎用《はんよう》的なものを選ぶと思います」

「シスターナナ以外には名乗る必要性を感じないからね」

「もう、そんな……嬉しい」

「ははっ」

「うふふ」

「こいつぅ」

「うふふふっ」

◇ピーキーエンジェルズ

「お姉ちゃんお姉ちゃん、この日のチャットログ見た？」

「見た見た、こいつらいったいなにやってんだかね」

「登場シーンの練習とかしょぼ過ぎっしょ」

「ワンパターンを延々繰り返して練習とか幼稚園のお遊戯会かっつーの」

「本当だよ。私達ならもっとカッコよくてしぶいやつ、やれるよね」

「やれるやれる、絶対やれるよ。どんな状況でもピシッとね」

「お姉ちゃんマジフレキシブル」

「ユナと私の変身能力があるからこその対応力よね。他の魔法少女には真似することができない合法ギリギリのラインを突くというか」

「お姉ちゃんマジイリーガル」

「私達二人が揃えば無敵だもんね」

「お姉ちゃんマジインビンシブル」

「こう、私が右側から出てきてさ」

「じゃあ私は左側だね」

「呼ばれて参上！」

「呼ばれてなくても登場！」

「我ら最強！」

「ピーキー……エンジェルズ！」

「しゅばっ」

「しゅばばっ」

「びしぃーん！」

「かっけー」

「コラァ！」

「わあ、びっくりした」

「なんだルーラか」

「なんだとはなによ。まったくあんた達は本当馬鹿なんだから。そんなポーズだの台詞だの非合理的なものにばかりとらわれて前に進むってことがない。もっと魔法少女として、人として、高みを目指しなさい。いい？　わかった？」

「ちぇっ」

「なんだよ、せっかくのポーズにケチつけて」

「自分は魔法使う度《たび》にポーズとってるくせにね」

「なにかいった？」

「なにもー」

「べつにー」

◇トップスピード

「チームトップスピード所属！　初代総長！　トップスピード！　夜露死苦！」

「……なにそれ」

「ほら、最近流行ってるらしい決め台詞と決めポーズだよ。カッコいいだろ？」

「魔法少女以外のなにかに見える……」

「そうかな？　結構自信あったんだけどな」

「そもそも、チームトップスピードってなに……？」

「そりゃ俺とリップルのチームだろ」

「入った覚えはない……」

「いつもながらツンデレだな」

「チッ」

「まあまあ、そう怒るなって。リップルのカッコいい決めポーズに決め台詞、考えるの手伝ってやるからさ」

「必要ない……」

「そうか？　必要じゃね？」

「不要」

「そうかなあ、要ると思うけどなあ」

◇リップル

魔法少女に決めポーズも決め台詞も必要ない、とはいわない。ただし現実の魔法少女ではない、アニメの魔法少女ならば、だ。現実の魔法少女には決めポーズも決め台詞も必要ない。恥ずかしいからだ。もしやらなければならない立場に追い込まれたら、と考えただけでもぞっとする。

ただ、チャットログのスノーホワイト。あれはすごくしっくりきた。スノーホワイトという魔法少女が現実よりアニメ寄りだからかもしれない。あれを見て勘違いしてはいけない。他の魔法少女がやればみっともないことになるに決まっている。

　自室で寛《くつろ》いでいた華乃《かの》は、なんとなくリップルに変身し、特に意味も無く姿見の前に立ち、そこに映る姿を見つめた。整った顔立ち、完璧なバランスの体型、大胆ながらよく似合う衣装。

　魔法忍者リップル。

「や、闇に……闇……闇に……」

　駄目だ。照れるな。恥じらいを捨てろ。リップルは一声気合いを入れ、腹に力を込めた。人差し指と中指を立て、間に手裏剣を挟む。片膝を突き、右手は顔の前に。

「闇に生き、闇に死すが外道の宿命《さだめ》！　光を求め穴倉の外に出んとした外道の中の外道を始末するがシノビの宿命《さだめ》！　魔法忍者リップルの秘術、最期にとくと拝ませてやろう。閻《えん》魔《ま》への土産《みやげ》話にするといい！」

「リップル、なにしてるぽん？」

　鏡と向き合っていたリップルはゆっくりと振り返った。布団の上に置かれた魔法の端末からは立体映像が浮かび、マスコットキャラクターが表情の無い目でじっとこちらを眺めていた。リップルは黙って立ち上がり、魔法の端末を拾って電源を切った。ふうと息を吐いてから変身を解いて布団に潜り、枕に顔を押しつけて叫んだ。「ああああああ」と叫んだ。

◇カラミティ・メアリ

噂のチャットログとやらを見て思った。こいつらは頭がおかしいんだろうか、と。

魔法少女には決めポーズと決め台詞が必要、なんてことをきゃっきゃと笑いながら話していた。なにをいっているのか理解できない。決めポーズと決め台詞が必要といいながら、それを考える、なんてことをいっている。

「魔女っ子リッカーベル」が自分の変身ポーズや決め台詞を考えている場面がどこかにあったか？　幼い頃の記憶を全て浚って思い出しても、そんなもの、どこにもなかった。考えるものではなく、初めからそこにあるものだ。

山元奈緒子《やまもとなおこ》は、テーブルにグラスを置いて立ち上がった。そして、魔法少女になったとファヴに告げられた時、自然に心の中に浮かんできた呪文を唱える。

「カラミティミラクルクルクルリン！　魔法のガンマン、カラミティ・メアリにな～れ！」

ポーズを決め、鏡を見る。美しく凶暴な女ガンマンがそこに映っていた。呪文も変身ポーズもこのように使わなければならない。仲間と慣れ合って話の種《たね》にするようなものではない。一人でこっそり誰にも知られず使えばそれでいい。

カラミティ・メアリは薄く笑い、鏡に向かってウインクしてみせた。

極道天使稼業

マジカルキャンディー集めの競争が
始まる少しだけ前のお話です。

Anime
ネタバレメーター
3
アニメ**第3話**を観てから読むとちょうどいいぽん!

本書初掲載となるお蔵出し作品です。

黒革張《くろかわば》りの座席は自宅のソファより柔らかで座り心地が良く、窓の外に目をやらなければ走行中の車の中であることを忘れてしまうほど振動も音も無い。しかし、それでいて居心地が良いかというとそんなことはなかった。運転席に座るスキンヘッドのいかつい男も、助手席で腕を組む金髪を逆立てた若い男も、隣に座るきついパーマを当てた顎鬚《あごひげ》の男も、黙りこくって一切《いっさい》口を開かず、ちらともこちらを見ようとはしない。

重い空気と沈黙が車内にこもり、かといって自分の方からなにか話題を振ろうという気にはならない。どうしてこうなってしまったのか、どうすればこの窮地《きゅうち》から脱することができるのか、考えても堂々巡《めぐ》りで希望の光は見えなかった。しかし思い悩んでいることを悟《さと》られるわけにはいかず、いかにもなにも考えていない風《ふう》を装《よそお》って座席に寄りかかり流れていく外の景色を眺《なが》めた。

「そろそろ到着です」

ようやく口を開いたスキンヘッドは聞きたくもない情報を教えてくれた。

「打ち合わせ通りにお願いします」

打ち合わせなんてしてねえよ、とカラミティ・メアリに化けたユナエルは心の中で吐き捨てた。

◇ユナエル

天里美奈《あまさとみな》、優奈《ゆな》の姉妹は二人で一人、ワンセットという扱いを受けることが多い。

趣味という部分で相当数共通しているからつるみ、面白がって似た格好をし、楽しいから遊び、お互い考えていることがぼんやり通じ合う。これだけ一緒にいる理由があるのだから離れて暮らすことはない。天里姉妹は、ワンセット扱いにするものぞとどこへ行くにも二人連れ立ち、片方に彼氏が出来てももう片方も離れないという徹底ぶりで、男女交際が長続きしたことはなかったが、それも含めて二人とも不満はなかった。

「魔法少女育成計画」によって魔法少女になったのも同時だった。無課金だからと始めたゲームに二人揃ってはまり、昼夜を忘れて没頭し、ある時、立体映像のマスコットキャラクターが「双子が揃って魔法少女になるとは初めてのケースぽん」と話しかけてきた。ピーキーエンジェルズとコンビ名を名乗っているように、魔法少女になってからも二人は限りなくワンセットで、魔法の端末のＩＤまで同じだったせいで掲示板での自演がバレたりもした。しかし失敗はかえって絆を強め、それ以降双子の天使は今までより更に仲良く魔法少女活動を営《いとな》むようになった。そして仲が良くなった理由はもう一つある。共通の敵が生まれたからだ。

魔法少女活動を終えた後、ピーキーエンジェルズは王結寺《おうけつじ》から自宅マンションへ真っ直ぐ帰った。真っ直ぐというのは文字通りの意味で、N市上空を一直線に最短距離で飛行し、七階の窓から帰宅した。家に着いた後も人間に戻ることなく、魔法少女のままで天井付近をバサバサと飛び回り、わぁわぁと騒いだ。

ルーラに叱られた日はいつもこうだ。怒り、騒ぎ、喚《わめ》き、ピーキーエンジェルズはルーラの悪口で盛り上がる。いけすかないやつ、嫌なやつ、いつか泣かしてやりたい、酷《ひど》い目にあわせてやりたい、他にもルーラへの不平不満は後から後から湧《わ》いて出てくる。

ルーラから怒鳴られた日は決まってルーラの悪口に花が咲き、そして最終的には「でも逆らうことができない」という悲しい結論で話は終わる。が、この日は少し違っていた。

「あいつ本当何様のつもりなんだろ」

「ルーラ様だと思ってるんじゃない？　たぶん本人に聞いたらそう答えるよ」

「絶対そうだよ、超傲慢《ごうまん》」

「人として許される範囲超えてるよね」

「ああもう腹立つ」

「腹立つよね」

「ぶん殴ってやったら気分いいだろうな」

「でもあいつ強いから」

双子が魔法少女になった時、指導役を買って出たのがルーラだった。今思えば余計なお世話以外の何ものでもなく、シスターナナあたりに教導してもらっていたならもっと好き放題に魔法少女をやっていたのではないかと思うが、残念なことに新人の方からレクチャー役を選ぶことはできなかった。身体の自由を奪われ操《あやつ》られるという二度はしたくない経験を経《へ》て、双子は表立ってルーラに逆らおうとはしなくなった。強引にチームへ組みこまれたり、強権的なやり方で――リーダーを決めるのが一人一票の選挙だったら双子の二票で組織票ができたのに！――仕切られたり、気に入らないことがあれば当たり散らされたり、ちょっと失敗しただけでもぎゃんぎゃんと怒鳴られたり、全く良いことは無かったが、ルーラの強さを知っている双子に反逆という選択肢は無かった。

「ルーラのバーカ！」

「ルーラのあほー！」

「ルーラの間抜けー！」

「おたんこなすー！」

「どてかぼちゃー！」

「とうへんぼくー！」

ルーラのいない所で悪口をいって憂《う》さを晴らすことの虚《むな》しさを感じなくもないが、反抗的な態度をとったり、なにか行動を起こしたりすればルーラは怒り狂うだろう。その矛先《ほこさき》が双子に向かった時、対抗できるとは思えない。双子の魔法はルーラのそれに比べると平和的で恐ろしさがない。

それでも、それでもどうにか、一矢報《いっしむく》いることはできないものか。

「よし、じゃあそろそろ今週の観察報告いこうか。ルーラの弱点、なにか見つかった？」

「塩分たくさんとらせるっていうのはどうかな？　あいついっつも怒ってばっかりだからさ、高血圧にしたら血管切れてぶっ倒れるかもしれないよ」

「ちょっと遠回り過ぎない？」

「じゃあさ、逆に甘いものたくさん食べさせてやるのはどうかな？　糖尿病って合併症とか色々あってすごく怖いらしいよ」

「やっぱり遠回りかなあ」

ピーキーエンジェルズは愚痴《ぐち》と不平不満を零《こぼ》しながらもルーラにギャフンといわせてやる方法を模索《もさく》してきた。スイムスイムやたまといったチームメンバーに協力を求めることも考えたが、仲間を増やせばそれだけ秘密が漏れやすくなる。そもそも連中が仲間と呼べるのか怪しいものだ。スイムスイムは太鼓《たいこ》持ちもいいところでルーラ治世《ちせい》に不満を持っているように見えなかったし、たまは余りにも気が弱すぎてルーラに詰問《きつもん》されたら耐え切れず反逆計画を自白してしまいそうだった。

仲間は二人、自分達以外は必要ない。人数は少ないが誰よりも信頼できる。

「じゃあお姉ちゃんはよりベターなスキームあったりすんの？」

「それがね……あるんだよ！」

「あるんだ！　マジで！　なにも無いのに文句ばっかいってると思ってた！」

「なに、そんなこと思ってたの？　酷くない？」

「いいからいいから、早く教えてよ」

「今週の頭にさ、ファヴから連絡があったでしょ。チャットの出席率が低い子が多いからもっと真面目に参加して欲しいぽんって」

「あったあった。相変わらずあの語尾イラつくよね」

「あの時、特にカラミティ・メアリなんてほとんど来てないぽんっていってたじゃん」

「いってたいってた」

「お姉ちゃんは見逃さなかったんだなあ。ルーラね、ものすごーく嫌そうな顔してたんだよ、カラミティ・メアリの名前を聞いた時」

「あー、仲悪いのか」

「それでね、ちょっと試してみたんだ。その日の帰り際、ルーラにね。今日瀧野《たきの》仏具屋の角でカラミティ・メアリっぽい格好をした人を見たけどあれ本人かなっていったのよ」

「ほうほう、それでそれで」

「ルーラすごい顔して驚いてたよ。その後もしつこく聞いてきたからね。本当にメアリだったのか、なにをしていたのか、どの方角から来てどの方角に行ったのかって」

「なにそれ、ビビってんの」

「その通り！　ルーラはメアリにビビってんだよ。メアリ超強いらしいじゃない。シスターナナがなんかそんなこといってたし。ルーラも強いけどさ、そのルーラがビビっちゃうほどメアリはヤバイって話よ」

「それは中々ナイスな情報かも……でもメアリに頼むのって危なくない？　なんかメアリの縄張り《なわば》に近づくだけで銃で撃たれるって聞いたよ。それもシスターナナ情報だけど」

「うん。ルーラをやっつけたくて、それ以上にヤバイやつと絡《から》むっていうのは流石《さすが》にちょっと意味わかんないからね。でもメアリに接触することなくメアリを利用するメソッドっていうのをお姉ちゃんは考えたわけよ」

「おおー、マジか。どんなことすんの？」

「ユナがメアリに変身して、ルーラをビビらせる」

「おおっ！」

「私達の仕業《しわざ》だってバレないように、ちらっと姿を見せるだけにしよう。あのビビりようならたぶんそれだけでも充分に効果あるよ。精神的に追いこんでやるんだ」

「すげえ！　お姉ちゃんマジクールじゃん！　でもメアリにバレたりしないかな？」

「メアリは私らの魔法知らないし、それにルーラからメアリに連絡いくことはないっしょ」

「そっかそっか。じゃあ完璧なプロジェクトじゃん！」

双子の天使はきゃっきゃとはしゃいで天井付近を飛び回り、照明の傘《かさ》に羽が当たって埃《ほこり》が飛び散った。そういえば最近掃除をしていないと二人は掃除機やらハタキやらを物置から取り出して掃除を始め、身体を動かしながら口も止めず、いかにしてルーラをビビらせてやるか、そのプランについて話し合った。

◇◇◇

姉ミナエルは生き物以外の物に、妹ユナエルは生き物に変身することができる。あくまでも形を真似ているだけで、たとえばルーラに変身したところで彼女の魔法が使えるようになるわけではない。しかし今回の作戦では物真似で充分だ。

もっとも、ちゃんと真似るためには下調べは欠かせない。そして今回下調べの対象となる相手は、調べるだけでも危険がいっぱいだ。二人は、イタリアマフィアが抗争する名作映画、日本のヤクザが抗争するVシネマ、チャイニーズマフィアが抗争するカンフーアクションを立て続けに視聴し、強い覚悟を持って行動を起こした。

ピーキーエンジェルズはチャットのログでシスターナナの情報を確認し、カラミティ・メアリが頻繁に目撃されるといわれているビルの前で張りこみをした。縄張りに入ったことがバレるとただじゃすまないため、ユナエルは電線の上のカラス、ミナエルは電柱の上に修理工が置き忘れたという設定のスパナとして、カラミティ・メアリが来るのを待った。

二人は元来我慢強い性質《たち》ではない。そして張りこみとは我慢強さがなければできない仕事だ。いつ来るかもわからないメアリを待ち続けるのは苦行に等しく、それでも投げ出したくなる心を抑《おさ》えてじっと待ち続けた。ルーラに一矢報いるため、ルーラをビビらせるため、双子は苦しくても辛くてもじっと待った。苦しみの果てに希望があると信じ、強い風に吹かれ、驟雨《しゅうう》を全身で浴び、それでもお互い励ましながら待ち続け、張りこみを開始してから三十分後に、ようやく待ち人が現れた。

西部劇から抜け出してきたようなガンマンスタイル、それでいて上半身は際どい紐《ひも》ビキニ、下半身は限界ギリギリの短いスカートで、魔法少女という呼び名に相応《ふさわ》しくないほど肉体は美しく成熟し、健康的に弾んでいる。

ユナエルは電柱の上からじっ……とメアリを観察した。誰に遠慮する必要もないとばかりに堂々と歩き、豊満な胸と一緒に保安官バッジが揺れていた。表情は自信たっぷりで、まさにこの世の春を謳歌《おうか》している。ユナエルは顔立ち、髪型、体格、服装、小物の一つ一つまでしっかりと頭に叩きこんだ。特定の人物に変身するためには正確に記憶しておかなければならない。少し違っている部分があったせいでルーラにバレる、なんてことになったら元も子もない。メアリは軽い足取りでビルの中に入っていき、ユナエルのカラスはスパナをくわえてゆっくりと降下し、路地裏のポリバケツの陰で変身を解除した。

準備はできた。後は如何《いか》に上手く変身するか。魔法少女に変身したことは一度だけある。ルーラに変身して悪行を繰り返し、彼女の評判を落とすという作戦は「そんなことできるのはユナエルしかいない」という理由ですぐにバレて頓挫《とんざ》したが、魔法少女に変身するという経験を積む役には立った。

先程見たばかりのメアリを思い返す。筋肉の動きや髪の流れを思い描く。ユナエルの身体が薄く光り、変形し、大きくなり、形作られ、立ち上がった。これでカラミティ・メアリが再現できているはずだ。手足や身体を見る分には問題ない。残るは頭だ。ユナエルのメアリは早足で路地裏から出、姿を見ることができるものはないかと左右を見回し、ビルのガラス扉を見つけてそちらに向かった。

ガラス扉と向かい合い、自分の姿を確認する。足を上げ、腕を回し、ポーズを決めた。ウインク、投げキッス、ダブルピース。ガラス扉には先程見た物と寸分違《すんぶんたが》わぬ完璧なカラミティ・メアリが映っている。

「姐《あね》さん、わざわざ外に出て待っていてくれたんすか」

ごく近くで男の声が聞こえ、なんだろうと振り返ると、赤地の派手なシャツにごつい指輪、シャツよりも派手な色の髪を重力に逆らわせ立たせているという暴力的な匂いのする男がユナエルを見ていた。ユナエルは周囲を見、自分以外に話しかけられていそうな人間がいないことを確認し「ああ、これはメアリと間違われているんだな」と察した。

「それじゃ今日もよろしくお願いしゃす」

「ああ、いや」

ユナエルの声に男は片目を眇《すが》めた。

「姐さん、声の調子が……風邪すか？」

「あ、うん、はい」

「薬、用意しときましょうか？」

「いや、別に」

「必要ないならいいんですが。ではこちらへ。車用意してあります」

まずい、と思った。思ったが、逃げることもできない。逃げて騒ぎになれば、ビルの中に入っていった本物が戻ってくるかもしれず、そうなるとユナエルは十中八九殺される。残りの二か一は殺されるより酷いことになる。ルーラより強く、ルーラですら恐れる魔法少女、それがカラミティ・メアリだ。せめてこの場から少しでも離れてから逃げたほうがいい。そう考えたユナエルは、元に戻るタイミングを失ったスパナをその場に残したまま、黒塗りの外車に乗りこんだ。

◇◇◇

ユナエルは、あれよあれよという間に街の外れまで運ばれていき、逃げるきっかけを掴めないままセメント工場に到着した。ユナエルのメアリはよろめきながら車の外に出、男達は揃って頭を下げた。

「いつものやつ、よろしくお願いします」

いつものやつとはなんぞや、と聞き返すことができればどれだけ楽だろう。男達はメアリの反応がないことを不審に思ったのか、恐る恐る頭を上げ、

「ええと……お願いして、よろしいんですよね？」

どう答えたものか考えたが、いい案はまるで浮かばない。沈黙が続く中、男達の表情に含まれる不可解さや不思議さの割合が増えていくのを見て、ユナエルのメアリは咳払いをした。見切り発車だ。

「あの……姐さん？」

「わざわざお願いされなきゃできないとでも思われてんのかい？」

男達は弾かれたように後ろへ下がり、先程よりも角度をつけて頭を下げた。ユナエルのメアリは胸元を右手で押さえた。高鳴る鼓動と共に眩暈《めまい》を感じた。

工場内の駐車場に車を停め、男達に挟まれるようにして中に入っていく。そこでメアリの連れの男達と大差ない見るからに恐ろしげな男達に出迎えられ、話し合いが始まった。

話し合いというよりは、脅《おど》し合いだ。シマとかクスリとかシノギとか、そういった反社

会的な言葉が当たり前のように飛び交っている。工場は既に廃業しているらしく、機械の類は全て撤去されていて痕跡《こんせき》くらいしか残っていなかった。工場の事務所かなにかだったらしい部屋にはソファが並び、壁には風俗店のカレンダーが吊るされていて、ダンボール箱に詰まった携帯電話、黒光りするサイドボードや重厚な木製テーブル、頑丈そうな金庫まで置いてある。どうやらここをなんらかの拠点にしているらしいが、なんの拠点なのかは考えたくなかった。

話し合いは続いていた。メアリを連れてきた男達の方が押している。理由はメアリだ。彼らはメアリという絶対的な暴力を背景にして相手を脅し、相手方は白旗《しらはた》を上げずにどうにか頑張っていたが、意識はどうしてもメアリから離れず、ちらちらと目をやり、目が合うと慌《あわ》てて逸《そ》らす、ということを繰り返す。

運転手をしていたスキンヘッドが、そっとメアリの椅子に近づき、顔を寄せて囁いた。

「こいつら姐さんをナメてやがんですよ」

煙草臭さに顔をしかめ、それ以上になにをいい出すのかわからなくて恐ろしい。

「例のアレで黙らせてやってもらえますか」

ユナエルのメアリは男を見た。男はいやらしい笑みを浮かべ、禿頭《とくとう》が鈍《にぶ》く光った。

例のアレ。例のアレとはなにか。ちらと横を見ると、そちらの男達もユナエルのメアリを見ていた。反対側も、後ろも、前も、部屋の中の男達がユナエルのメアリを見ている。

ユナエルのメアリを連れてきた男達は期待している顔で、出迎えた男達は怯《おび》えている顔で、メアリの一挙手一投足を見逃すまいと四方八方から注視していた。

考える時間はない。さっきみたいに男達の表情が訝《いぶか》しげなものになるのを想像するだけで心臓が張り裂けてしまいそうになる。ユナエルのメアリはすうっと右足を上げ、男達は揃ってそれに目を向けた。上げられた足に、太腿《ふともも》に、その付け根に充分視線を集めたところで勢いよく振り下ろし、テーブルに踵《かかと》を叩きつけ、分厚い木のテーブルを一撃で踏み割った。敵味方を問わず、男達は目を見開き、椅子にしがみついた。魔法少女であれば、メアリはおろか、たまやスイムスイムよりも貧弱なユナエルの脚力でもこの程度はできる。

ユナエルのメアリはテーブルの残骸を踏みにじって立ち上がった。

「黙らせてやってもらえますか、だ？　つまりそれはあたしに命令してるってことかい？」

スキンヘッドは痙攣《けいれん》しているように激しく首を横に振った。ユナエルのメアリは髪を躍《おど》らせながら向き直り、今度は向かいに座る男達に訊ねた。

「あたしをナメてるらしいけど、それ本当？」

ある者は俯《うつむ》き、ある者は天上を見上げ、ある者は窓の外に目をやり、全員がユナエルのメアリから目を逸らした。口の中で何事か呟いているのは、強がりか、言い訳か。ユナエルのメアリは心臓の鼓動を持て余しながらも、なるだけ偉そうに見えるよう部屋の端から端までゆっくりとねめつけた。

「屋上で空気吸ってきていい？」

「いや……姐さん、もう少しで話が終わりますから」

その言葉に、敵方の男達が不満の言葉を口にする。

「いや、終わんねえだろ。勝手に終わらせんな」

「うるせえ、こっちが終わるっつったら終わんだよ」

「ふざけんなテメエ、話はまだ途中だろうが」

男達がまたやり合おうかという姿勢を見せ、ユナエルのメアリは内心怯えながら、そんな思いは曖《おくび》にも出さず、うんざりという顔で肩を竦《すく》めてみせた。

「空気吸ったらすぐ戻るよ」

誰も呼び止めようとはしなかった。

罵り合いの言葉を背に、後ろ手でドアを閉め、小さくガッツポーズを決めた。部屋から離れるまでは静かに歩き、十メートル離れてからは早足で、もっと離れてからは駆け足で二階、三階、四階と階段を昇り、屋上にまで出た。ようやく逃げることができる。誰にも見られてはいないな、と周囲を見回し、目が合った。

男がいた。先程までユナエルのメアリを囲んでいた暴力的な種類の男ではない。襟元《えりもと》がだるんと緩んだ薄いTシャツ、裾《すそ》の削《けず》れた綿《めん》のパンツ、伸び放題の髪と髭《ひげ》、やつれた頬《ほお》。雨が染《し》みて煮汁が出そうになっているボロいスニーカーを脱いで鉄柵《てっさく》の前に揃え、その前には「遺書」としたためてある白封筒を置き、自身は鉄柵の外に出ている。

男は生気《せいき》の無い眼をユナエルのメアリに向け、溜息《ためいき》を吐《つ》き、屋上の外に向かって身を乗り出し、ユナエルのメアリは十メートルの距離をかっとんで男の腕を掴《つか》んだ。

「なにやってんの！」

「離せ、死なせてくれ。もうどうしようもねえんだ」

「なんで！　よりにもよって、こんな時、こんな場所で！」

「そりゃ当てつけもある。銀行が一銭も貸してくれなくって、ヤクザどもの高利にむしられ社長一家は夜逃げ、この工場で真面目に働いてた俺も収入を失って今じゃ借金生活だ。ここで飛び降りてやればヤー公ども見たくもないもの見せられて青い顔するだろうし、俺が死ねば借金は全額返せるし、残りの保険金が田舎の親に送られて最後の親孝行を……」

「やめなよ、マジやめなよ。あいつら人間の皮被った悪魔だよ。あんたが死んだって青い顔なんてしないよ。ざまあないぜとかいって笑うよ。しかもあれだよ、自分達の地所で死なれたら面倒だからって山奥に死体埋めるか海に沈められるかするんだよ。そうなったら死体も出てこないで行方不明扱いになるから保険金がおりるまで時間がかかるってテレビでやってたよ。マジお勧めできないって」

男は肩を落とし、深く溜息を吐いた。

「じゃあ銀行でやるか」

「なんでそうなるんだよ！　思い留《とど》まれよ！」

「うるせえ！　なんで止めるんだよ！」

「黙って死なせたら後味悪くなっちゃうだろ！」

「そもそもなんなんだよお前！　コスプレならどっか別の場所でやれよ！」

「好きでこんな格好してるわけあるかー！」

二人は肩で息をし、睨《にら》み合い、ユナエルのメアリが先に目を逸らし、魔法の端末を取り出した。

「住所教えて、住所」

「あん？」

「そこに金持っていくから」

「なにいってんだ。そんなこと、できるわけ」

「いや」

ユナエルのメアリは港南地区の方を見た。白い飛行物体が真っ直ぐにこちらを目指して飛んでいる。新聞紙で折ればあれくらいのサイズになるであろう大き目の紙飛行機だ。途中、カラスと接触しかけ、紙飛行機は翼を大きく羽ばたかせて威嚇《いかく》、カラスを追い払って悠々と飛行を再開した。どう見ても紙飛行機がとるような滑空《かっくう》ではない。そしてあの動きには見覚えがあった。

「助けが来てくれた」

◇◇◇

ユナエルは三度深呼吸した。右手で青竜刀《せいりゅうとう》の柄《つか》をぎゅっと握り、やれる、きっとやれると自分に囁き、左手で握っていたノブを捻《ひね》り、ドアを開けた。ドアの向こうの男達は未だ脅し合いをしていたようだったが、現れたユナエルの姿を見てぎょっとした表情を浮かべ、腰を上げようとしたが立ち上がる前にユナエルが動いた。

「クズども！　皆殺しにしてくれるわ！」

第二外国語の授業で習ったばかりの広東語《カントン》を適当に織り交ぜながら喚き散らし、壁といわずソファーといわずところかまわず斬りつけた。身長二メートル半、上半身裸、筋骨《きんこつ》隆々《りゅうりゅう》、辮髪《べんぱつ》、腰にボロ布を巻きつけ、巨大な青竜刀を振り回すという異常極まりない怪人物の襲撃を受け、男達は敵味方ごちゃ混ぜになって逃げ惑《まど》う。とにかくインパクトを重視し、前日視聴したカンフーアクションの悪役を参考にキャラクターを生み出した。参考元が優れていたためか、それとも変身と演技が見事だったためか、相手方の士気は早々に挫《くじ》けた。最早《もはや》男達には勇気もなければ見栄《みえ》もなく「姐さん呼んでこい」「先に逃げんな」「俺の足踏むな」と口々に叫びながら転げまろびつ逃げていき、ユナエルは扉を閉め、ミナエルは青竜刀から小さな天使の姿に変化した。

　ユナエルは金庫の上に手を置いた。ちょっと頑張ればユナエルをそのまま詰めこんでしまえるくらいのサイズがある。それ相応の頑丈さもありそうだ。双子の腕力では壊すにしても時間がかかる。この場ですべきことではない。

「よし、さっさとやっちゃおう。私はメアリのふりして残った連中適当に誤魔化しておくから、お姉ちゃんはこの金庫持っていってね。ここの住所に今にも死にそうなおっさんがいるから、そのおっさんに渡して」

「どんなミッションよそれ」

「いいから、なんでもいいから……いやいや、ちょっと待てよ。中に現金入ってても番号控えられてたらヤバいな。マネーロンダリングするまでは使っちゃ駄目ってことおっさんに伝えておいてもらえる？」

「なにそのアウトレイジ感漂う用心深さ」

「用心深くないとデンジャラスなんだよ！」

「こんな重そうなの持って飛ぶの嫌だなあ」

「いいから！　早く！　あいつら戻ってこないうちに——」

　外から車のエンジン音、次いでブレーキ音が聞こえ、「姐さん、なんでそんな所に！」という声が続き、ミナエルとユナエルは顔を合わせ、お互いの顔色が瞬く間に白くなっていく様を見た。こんなことをしている場合ではない。

「お姉ちゃん、風呂敷に変身して」

「えっ、なんで風呂敷？」

ミナエルが風呂敷に変身したのを確認、ユナエルはミナエルの風呂敷で金庫を包み、肩に担《かつ》いだ。窓を開け、周囲に人がいないことを確認し、金庫を担いだまま窓から外に出た。

「なんで風呂敷なのさ」

「金庫そのまま持って走ったら目立つでしょ。隠れて逃げるんだよ、こっそりと」

「ていうか唐草《からくさ》模様にしちゃったよ。これじゃ泥棒みたいじゃん」

「大丈夫、今時唐草模様の風呂敷担いだ泥棒なんていないから」

ユナエルは走り出した。風呂敷越しの金庫の冷たさが担いだ肩に沁《し》みた。

逃げる。まず逃げる。逃げるが、空を飛んで逃げるのはまずい。天使に戻って逃げているところを目撃されれば犯人を教えるようなものだし、巨大な鳥に変身とか、プテラノドンに変身とか、それで金庫を持ってよろよろと逃げているところを下からメアリに撃たれれば大惨事だ。

金庫を担いで工場の壁を一跳びで超えようとしたが届かず、うんと腕を伸ばして壁の天《てっ》辺《ぺん》に手をかけ、なんとか身体を引き上げた。こういう派手なアクションにユナエルは向いていない。ウィンタープリズンにでもやらせるべきだ。

「いたぞ！」

悲鳴を噛み殺した。もう見つかった。

「そんな目立つ格好してたら見つかるでしょ」

「そうだ！　別人に変身して逃げれば良かった！　お姉ちゃん気付いていてたらいってよ！」

「いう前にユナが走り出したんだよ！」

足を止めて口喧嘩をする暇はない。変身を解除している暇すらない。

「金幇梅《きんほうばい》のやつらか！」

「クソが、鉄輪会《てつわかい》の喧嘩でどうしてうちが金庫持ってかれねえといけねえんだ！」

口々に罵《ののし》りながら男達が追いかけてくる。工場の周囲には隠れることができるような建物が無い。雑草の伸びる空き地や干からびた田んぼでこの巨体を隠すことができようはずもなかった。ユナエルは相手を威嚇《いかく》するためこんなデカブツに変身してしまったことを後悔し、それでも走り続けた。背後から聞こえた火薬が弾けるような音は、ひょっとして発砲音だろうか。男達が銃を撃っているのか、それともカラミティ・メアリが——考えたくない想像を振り払い、休耕田《きゅうこうでん》を横切り、砂利道《じゃりみち》を踏み荒らし、走り、ひたすら走り、角を曲がったところで足を止めて身を翻し、危うく衝突しかけた黒塗りのワゴンをかわした。

ワゴンは路面に黒いブレーキ痕《こん》をつけて停車し、流れるようにドアが開いた。

サングラスにマスクという極めて胡乱《うろん》な格好の男が激しく手招きしている。

「乗れ！」

「えっ？　いや、えっ？」

「早くしろ！　やつらが来るぞ！」

手を引かれ、巨体を押しこめるようにワゴンの中に入るとドアが閉まった。サングラスの男が右手を挙げ、わけがわからないままそれに合わせてユナエルも右手を出し、二人は掌を打ち合わせた。

さらにサングラスの男は左手を挙げ、こちらもサングラスにマスクの運転手が身を捩《よじ》って手を合わせ、二人は快哉《かいさい》の声をあげた。

「やったぜ！」

「見たかよ連中の顔。ざまあねえや」

「鉄輪会なんかと手ぇ組もうとするからそうなるんだ」

なにが起きているのか理解できなかったが、この二人は――少なくとも今は――敵ではないらしい。スモークフィルムで覆われたリヤウィンドウには遠ざかっていく工場が見えた。とりあえず窮地を脱することはできたようだ。

「あんたも仕事が早えな」

「まったくだ。しかしすげえガタイだな」

よくわからないが「ああ」とか「むう」とか、言葉を濁《にご》しつつ頷《うなず》いておいた。

「単身であそこに乗り込むやつがいるんだもんな」

「大したもんだ。金帮梅もとんでもねえ助っ人寄越《よこ》してくれたもんだ」

「しかし、こっちに来るのはもうちょい先って話じゃなかったかい？　今回は上手くいったけどよ、もうちょい連携しっかりしようや。せめて連絡くらい寄越してくれたってバチは当たらねえ。俺達ゃまだ見張ってるだけのつもりだったんだぜ」

「ああ、うん、まあ、うん」

「すげえ声高いなあ、あんた」

「そのナリで女の子みたいな声出すのかよ」

「よくいわれる」

徐々に建物が増え、建物の背も高くなっていく。この車は市街の方に向けて流しているようだ。ユナエルは相対的に狭い車内で身を屈《かが》めながら安堵《あんど》の溜息を吐き、ふっと口元を引き締めた。まだ油断はできない。メアリを相手にするよりマシとはいえ、今度はこいつらをどうにかして安全な場所に逃れなければならない。助けてもらって申し訳ないが、信号で停車でもしたところで死なない程度に殴りつけて脱出するか。

「ちょっと！　前見て！」

風呂敷が喋った。

人前で口をきくとはどういうつもりだと思い、せめて誤魔化そうと激しく咳払いをしながら前を見ると、西部劇から抜け出してきたようなガンマンコスチュームの少女が歩道上に立っていた。どう見てもカラミティ・メアリだ。

メアリはホルスターから銃を抜いてこちらに向け、ユナエルは叫んだ。

「あああ！　前！　やつが！」

隣の男が座席のヘッドレストを殴りつけ、運転手が汚い罵り言葉を吐き捨てた。

「鉄輪会のクソ用心棒だ！　あいつを殺ればボーナスだ！」

「かまわねえ、このまま轢き殺せ！」

「なに考えてんの！　死んじゃうって！」

「死なすためにやるんだよ！」

「違う！　そうじゃない！」

運転手がアクセルを踏みこんだ。搭乗者全員が揃ってシートに押しつけられながらワゴン車が急加速し、視界内のメアリが大きくなっていく。メアリが歪んだ笑みを浮かべて喜びを表現しているのを見、ユナエルは決断した。逃げなければ、死ぬ。

ユナエルは後部座席のドアを蹴破《けやぶ》り、外れたドア諸共に外へ飛び出した。男達は何事か叫んでいたが、それで止まる云われはない。ドアを緩衝材代わりにして衝撃を殺し着地、今度は踏み台にして跳び、勢いを損なうことなく駆け出した。

背後でなにかが弾けるような音が連続して聞こえ、高速で走っていた巨大な物体が路面を転がってから滑《すべ》る音、ブロック塀かなにかが壊れる音が聞こえ、しかし振り返りはしなかった。物干し竿《ざお》にかかった洗濯物が顔にかかるのも構わず民家の中へ踏みこみ、縁側から居間、廊下を通ってキッチンに出、目を丸くして見ているエプロン姿の中年女性の前を駆け抜け、窓を割って外に転がり、そこから少し走るとT字路に出た。目の前には石垣の壁がそそり立っている。かなり特徴的な場所だ。N市内で石垣が壁になっている場所は北公園近くしかない。この壁を登って上に行けば北公園に出る。そこから門前町は一足だ。

ユナエルは左腕で金庫を抱え、右手と両脚のみで石垣を登り始めた。傾斜がきついとはいえ直角ではなく、地面から垂直に立つビルの壁面さえ駆け上る魔法少女の力があれば、片手に大きな金庫を抱えながらでも登れないことはない。とはいえ、普段から飛行能力にかまけ、走ったり跳ねたりする機会の少ないユナエルにとってはそこまで楽な仕事でもなかった。どうにかよじ登り、柵に手をかけ、身体を引き上げ、ほっと一息吐《つ》いた。

公園の広場にはいくつかの遊具が並び、そこに座る制服姿の男子中学生達があんぐりと口を開けてユナエルを見ていた。男子中学生のうち五人はシーソーやブランコに腰掛け、一人は地面にへたりこみ、よく見れば上半身は裸、下半身はパンツ一枚だ。白いYシャツと学生ズボンは地面に落ちている。全身が土で汚れ、唇が切れて血が滲んでいた。

ユナエルは眉を逆立て、肩をいからせ、大きな足音を立てて少年達に近寄り、地響きを立てて金庫を地面に叩きつけた。金庫を包む風呂敷が「痛っ」と小さく叫んだ。

「どいつもこいつもふざけんな！」

既に逃げ腰になっていたいじめっ子達はガタガタと身体を震わせ遊具にしがみついた。

ユナエルはその内の一人の胸倉を掴み、顔を近づけた。

「弱い者イジメか。楽しいか、こんなことして」

胸倉を掴まれたいじめっ子は何度か口を開閉し、どうにか「これは遊びで」まで声を絞り出したものの、ユナエルがもう一度金庫を叩きつけたことで頬を引きつらせて口を閉じた。風呂敷は「ちょっとユナいい加減にして」といっていたが無視し、ユナエルはただでさえ強面《こわもて》な顔をより恐ろしげに歪《ゆが》ませ、息のかかる距離で睨《にら》みつけてやった。

「次同じようなことをしたら、ぶん殴りにいくからな」

いじめっ子はがくがくと頷き、ユナエルが他の連中に目を向けるとそいつらも同様に頷いた。最後に被害者の少年の手を取って立ち上がらせ、

「次同じことやられたら『魔法少女まとめサイト』の掲示板にでも相談しなよ。お節介な連中がよってたかってどうにかしてくれるから」

少年は慌てて頷き、ユナエルは地面に五分の一ほど埋まっていた金庫をよっと持ち上げ、ふと自分が来た方を見ると、柵に手をかけて石垣の方から公園に入ろうとしている何者かの存在が視界に入った。ユナエルは踵《きびす》を返して全力で走り出した。

ムカッとして思わず助けてしまった。こんなことをしている場合ではないだろうに、いったいなにをしているのか。両手で抱えていた金庫を背負い、気休め程度だが盾にしながら逃げた。風呂敷が抗議の声を上げていたが、聞かなかったことにした。

既に聞き慣れていた銃撃の音と共に左側の地面が爆《は》ぜ、少年達の悲鳴が公園内を切り裂き、ユナエル自身も悲鳴にもなっていない悲鳴で太い喉を震わせながらライラックの茂みに飛びこんだ。金庫が茂みを超えて転がっていく。そちらはもう姉にどうにかしてもらうということにして、今は我が身の安全だ。茂みの中、葉を散らし枝を折って、より深い所へ進み、とにかく安全そうな場所を見つけ、そこで蹲《うずくま》った。

ユナエルは茂みの中でじっとし、祈った。メアリが「奪われた金庫を壊してしまったらまずい」と考えることができるくらいの知性と理性を持っていますように、茂みに向けて乱射とかグレネード弾投げたりとかしませんように、と祈り、神に祈る自分は正に天使だと自嘲し、泣きたくなったが我慢した。

陽が差した。茂みをかき分け、メアリが現れた。メアリは地面を見下ろし「逃げた、か」と呟いた。その後、ユナエルを見、目が合ったユナエルは気が気ではなかったが、動いたら死ぬと自分に言い聞かせ、身動《みじろ》ぎ一つせずじっとした。足音が遠ざかっていき、それがフェイクや引っかけではないことを確信できるまでじっと待ち、もう大丈夫だと胸を撫で下ろし、変身を解除した。蟻に変身していたユナエルは天使に戻り、そこから七十代後半から八十台半ばくらいで腰の曲がったモンペ姿の老婆に変身し、そろそろと慎重《しんちょう》に動きながら茂みを抜けた。逃げてしまったのだろう、既に中学生達はいなかった。ついでにシャツとズボンもなかったので、いじめられていた彼も服を着て持って逃げおおせたのだろう。

金庫が転がっていった茂みの向こう側に回りこむと、そこには滑り台が並んでいた。コンクリート造りのがっしりした滑り台がどんと鎮座し、隣には二回りほど小さな滑り台がちょんと座っていた。

「滑り台の隣に滑り台って無理ないかな？」

小さな滑り台が歪み、変形し、その中に隠されていた金庫が露出し、滑り台に変身していたミナエルが金庫の上に座ってふうと息を吐いた。

「いいじゃん、親子滑り台ってことで」

「ちょっとお姉ちゃん、今戻らないで。うっかり誰かに見られてて『あの辺で天使を見た』なんて噂になったらメアリに怪しまれるよ」

「それは嫌だな……とりあえず風呂敷に変身しとく？」

「いや、唐草模様は論外としても風呂敷はさっき見られたしな……じゃあ籠《かご》にしよう、行商《ぎょうしょう》のおばあちゃんが持ってるようなやつがいいね。金庫も入るでっかいの」

「はいはい了解」

風に乗ってサイレンの音が聞こえてきた。さっきの中学生か、それとも善良な市民がお節介にも通報してくれたのか。魔法少女の鋭い聴覚はざわめきや足音も聞き取っていた。人が集まりつつある。「銃声が聞こえた」「抗争かなにかか」という声も聞こえる。

どちらにせよ長居はしたくない。ユナエルのおばあちゃんは籠を担ぎ、きびきびとした足取りで歩き出し「年齢の割に足腰しっかりし過ぎじゃないの」というミナエルのアドバイスに従ってゆっくりのんびりとその場を後にした。ここで下手に慌てて逃げれば目立つことになる。気が急いても老人らしい動きで、ゆっくりと、だ。

どれだけ周囲が慌ただしくても焦ってはならない。走り回る足音が聞こえても落ち着いて歩き、聞き覚えのある野太い声が聞こえても「バレるはずがない」と自分に言い聞かせた。声が近くなり、担いだ籠が震え、思わず「動いちゃ駄目でしょ」と呟いた。

焦ればかえって怪しまれる。ユナエルの老婆は声の方をちらりと振り返り、男達がこちらを指差しているのを見た。手にはチカチカと赤や黄色の光を発している四角い機械――レーダーかなにかのような物を持っている。「あの大きさ」「位置は合ってる」という声が聞こえ、ユナエルの老婆は走り出した。

「チクショウ！　金庫に発信機ついてんのかよ！」

「あの婆《ばばあ》だ」「追え」「サツが来る前に止めろ」「姐さんを呼べ」口々に叫ぶ男達がこちらを目指して駆けてくる。ユナエルは考えた。これはもう無理だ。優先すべきは金庫ではなく身の安全だ。メアリが来たら今度こそ命に関わる。

走り、角で曲がり、ひらりと身を躍《おど》らせ、民家の庭に侵入し、そこからまた走った。

「くそうくそう。発信機付きじゃ金庫置いてくしかないよ」

「ちぇーっ、残念」

「無理してでもぶっ壊して中身抜いておくべきだったなあ」

「え、なんで壊す必要があるのさ。鍵開いてるのに」

「は？」

老婆は担いでいた籠を前に回して抱え、全力で走りながら籠の上に顎をのせた。

「なにそれ。なんでお姉ちゃんそれいってくれないの」

「いや、知ってるもんかと思って。知らなかったの？」

「知らなかったよ！」

「マジか。てっきり金庫そのものが必要なんだとばっかり」

「馬鹿！　馬鹿お姉！」

ブロック塀を超え、裏道を駆けた。男達から逃げるだけならいい。問題はメアリだ。今ここで金庫を開けて中身を取り出し持ち逃げしたとして、それではメアリが諦めない。たとえ発信機無しでもメアリを振り切ることができるかどうか。

考えている時間は無い。今、決めなければ。老婆のユナエルは表通りに走り出た。例の男達がこちらを指差し「あの婆だ」と騒いでいる。

「お姉ちゃん、金庫吐き出しちゃって」

「いいの？」

「吐き出す時、扉開けて中身ぶちまけちゃうこと、できる？」

「お姉ちゃんに任せなさい」

不自然に籠が歪み、中に入っていた金庫を落とした。金庫は扉が開かれている。開いた状態で転がり落ちたものだから当然中身が零《こぼ》れる。男達はそれを見て怒り、ユナエルの老婆はいよいよ速度を上げ、コンビニの中に駆けこんでトイレに滑りこみ、紐のように細い蛇《へび》に変身した。ミナエルが小さな指輪に変身すると、蛇はそれを首にかけ、トイレの換気扇からするすると外に出ていった。

巨漢も老婆も取り逃がしたことを知って興味無さそうに帰っていったメアリ、それにメアリの足として使われた運転手を除き、男達は総出で金庫の中身を拾い集めた。集まる野次馬を「見世物じゃねえぞ！」「散れコラ！」と持ち前の怒鳴り声で脅《おど》して散らし、なにかのリストや書類、株券、金券、それに現金を拾い集め、複数人で金庫を連れ持ちして運んだ。警察に見咎められたらおしまいだ。急げや急げと男達は急ぎ、その内の一人、最後尾にいた男が徐々に他の男達と距離をとり、曲がり角で一人右折し、周囲の目がなくなったのを確認して変身を解除した。

「はあ……あれだけやらされてこれっぽっちか」

溜息を吐く女子大学生のユナエルに対し、ハンドバッグに変身したミナエルは「無いよりはいいじゃない。百万円くらいはあるっしょ」と慰めた。

「でもあのおっさん、借金ハンパないっぽいからなあ。焼け石に水じゃね？」

「まあねえ……」

二人は憂鬱な気分に包まれながら重い足取りで自殺志願者の家を目指した。


二人の予想に反し、自殺志願者の男はもろ手を挙げての大喜びで現金を受け取った。これで借金が完済できるという男の話を聞き、それだけの借金で自殺しようとするなと女子大生のユナエルは蹴り、ふざけるなと殴り、気付かれないよう変身を解除したミナエルも背後から蹴り飛ばし、ボコボコにしてからこんこんと説教し、涙を流す男に「もう二度と自殺しようとしない」と約束させ、近所の居酒屋にいって酒を飲み別れた。

ハンドバッグのミナエルは「私も飲みたかった」と不満を口にしていたが無視し、元自殺志願者の男は「飲み代に使ったせいで満額返済に足りなくなった」と愚痴っていたからもう一度蹴りつけておいた。ユナエルもミナエルも既にルーラのことは忘れていた。

偉大なるリーダーの苦悩

マジカルキャンディー集めの競争が
始まるしばらく前のお話です。

Anime

ネタバレメーター

4

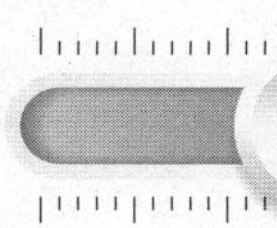

アニメ**第4話**を観てから読むとちょうどいいぽん！

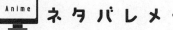

本書のための書き下ろしです。

ルーラが率《ひき》いる魔法少女集団、通称ルーラチームは、集合場所としてN市門前町《もんぜんまち》の破れ寺、王結寺《おうけつじ》を利用している。防犯装置も警備サービスもなく、肝試ししようという人間さえ訪れない。それどころか通り過ぎる人や車ですら稀《まれ》という魔法少女が拠点とするに相応《ふさわ》しい場所だった。しかし、今は近所でガス管の補修工事をしているため、普段に比べると多少人通りが増えている。

ルーラひとりだけなら何の問題も無いが、うっかり者揃いの手下どもは一般人に姿を見られてしまうかもしれない。騒ぎになれば無期限に王結寺を利用できなくなる事態へと発展することも考えられ、それは絶対に避けたいところだ。不出来な部下を持つと、より入念なリスクマネージメントが必要になる。

ガス管の工事はいつまでもやっているわけではない。終わり次第拠点を王結寺に戻せばいい。それまでは市内の人気《ひとけ》がない各所で待ち合わせをし、魔法少女活動にいそしむほうがいいだろう。アジトがなければゲームができないと文句をいっていた天使二人は無視した。

今日の待ち合わせ場所は門前町木野手《きのて》通り村棚《むらだな》ビルだ。王結寺近辺に比べれば周辺の人通りこそ多いものの、夜間管理人が見回りにくるほど立派なビルではない。ビルの屋上は魔法少女の待ち合わせ場所として最適、というトップスピードのチャットでの発言を参考にした。賢者《けんじゃ》は愚者《ぐしゃ》からも学ぶことができる。

ルーラは屋根から屋根、ビルからビルへとひた走り、村棚ビルの屋上に駆け付けた。ビルの屋上はしんと静まり、なるほどここなら余人の目は気にならない。ルーラは懐《ふところ》から魔法の端末を取り出し、時刻を確認した。待ち合わせ時間ぴったりだ。息を吐き、息を吸い、「馬鹿ども」と呟き、魔法の端末を懐に仕舞いこんだ。待ち合わせ時間に遅れる者がいる、というのは億歩譲《ゆず》ってまだわかる。リーダー以外誰一人として待ち合わせ時間に間に合わないというのは言語道断《ごんごどうだん》だ。

部下の質、士気、練度、その他についてぶつぶつと不満を漏らしながら屋上をぐるぐると周回し、それでも部下は一人として現れず、ルーラは王笏《おうしゃく》を振り上げ、鉄柵《てっさく》に向けて振り下ろそうとし、鉄柵を壊してもなにも始まらないと己を抑えた。身体を反転させ、なにもない場所に向けて王笏を振り下ろしたが、気は晴れなかった。むしろイラついた。

「ああもう！　なんで誰も来ない！」

答えてくれる者はいない。魔法の端末を取り出し、時刻を確認した。待ち合わせ時間から五分経過している。予定表を立ち上げ、そこに記されていた待ち合わせ時間、待ち合わせ場所を再確認する。村棚ビルだ。間違ってはいない。ならばどうして誰も来ないのか。

ルーラはさらに屋上を三周し、今度は逆回転で三周し、天使達が飛んでこないかと陰鬱《いんうつ》な曇り空を見上げ、たまやスイムスイムが来ないものかと下界を見下ろし、しかし誰一人として現れることはなかった。沸《わ》き起こる怒りと苛立《いらだ》ちに任せて地団太《じだんだ》を踏み、足元がミシミシと嫌な音を立て、慌《あわ》ててやめた。

ルーラは鉄柵にもたれかかって歯噛みした。誰かを待たせるということは、待たせている誰かの時間を無為《むい》に浪費させるということである。時間は限られたリソース、有限な資源、貴重な財産だ。無駄遣《づか》いしていいものではない。しかし「あんなやつら知るもんか」とここから立ち去ってしまったとして、浪費した時間が戻ってくるわけでもない。ひょっとしたらあと一分、三十秒、それくらい待つだけで待ち人はやってくるかもしれない。

魔法の端末で連絡を入れるか。しかしリーダーが待ち焦《こ》がれていると思われれば威厳を損《そこ》なう。それは良くない。遅れた時に連絡を入れるべきはリーダーではなく部下の方だ。溜息《ためいき》を吐《つ》いて下界を見下ろした。魔法少女の優れた視力はビルの屋上からでも地上の様子をしっかりと捉えることができる。コンビニから出てきた学生風の男が持つビニール袋から湯気が立っているのは、恐らくおでんだろう。次に出てきたサラリーマン風の中年男性はなにも持っていなかった。求めていた商品が無かったのか、それとも立ち読み目的の客だったのか。その次に出てきたのは高校生くらいの少女だった。薄っぺらな雑誌を右手に持っている。わざわざビニール袋を断り、裸で雑誌を持ち歩く人間の気持ちがルーラにはわからない。本はフリーペーパーとして配布されている地方誌で、見た目から地味だ。ルーラ……木王早苗《もくおうさなえ》が学生だった頃から発行されているが、広告ばかりで読み物は薄く、なにかの特集が組まれていても「一人酒を飲むならここ」とか「N市ラーメン屋スペシャル」とか、実質の広告になっているようなものばかりだった。

人生で最も華やかな年頃だろうに、なんであんな雑誌を持って歩いているのか。遠目が利《き》くのをいいことに、ルーラは不躾《ぶしつけ》にじろじろと少女を眺めた。

ひょっとして少女の興味を惹《ひ》くような特集をやっていたのかもしれない。そう思い、雑誌の記事に目を向けようとしたが、既に距離が離れ過ぎていた。魔法少女の視力は高性能かもしれないが万能ではない。少女は交差点を曲がり、見えなくなった。

ルーラは「ふん」と鼻を鳴らし、魔法の端末を再確認した。十分が経過していた。

待っている時間、つまらない時間、くだらない時間、こういう時間は、どうでもいいことでも一度気になると確かめなければ仕方がなくなってしまう。あのフリーペーパーには少女を惹きつけるなにかがあったのか。それとも少女が特殊だったのか。

ルーラは屋上から路地裏に向かって飛び降り、二階の窓の桟《さん》、一階の窓枠を続けて蹴って速度を殺し、宙返り、裏口の階段に着地、変身を解除して人間「木王早苗」に戻った。部屋の中で変身してきたため部屋着のままだったが、部屋着でコンビニに行くのはおかしなことではない。問題は少し寒いことくらいか。コンビニの中に入ってしまえば、その問題も無くなるだろう。

トレーナーの袖口《そでぐち》と襟元《えりもと》を整え、腹ポケットの中の財布を手で触って確認した。雑誌を買うことができるだけのお金は入っている。早苗は何食わぬ顔で路地裏から表通りに出た。コンビニはすぐそこだ。車道を横切り、コンビニのドアに手をかけ、何気なく振り返り、振り返った先の光景を目にして激しく咳きこんだ。

双子の天使、犬耳のフードを被った少女、白いスクール水着の少女という四人組がビルの入口、庇《ひさし》の下で立ち話をしていた。まさか「ビルで待ち合わせ」というのを「ビルの屋上」ではなく「ビルの真ん前」だと解釈したのか。そこまで細かく説明しなくては理解できないのか。どれだけ愚かなのか。

夜も更《ふ》けたとはいえ、ごく普通に一般人が道を通っている。四人を指差し、スマホを向ける者もいる。ルーラは激情にかられて詰め寄ろうとし、しかし自分が変身していなかったことを思い出した。正体を知られるわけにはいかない。

頭の中で何をすべきか整理した。まずは誰も見ていない所で変身する。その後、連中の魔法の端末に連絡を入れ、ビルの上に呼び出し、一般人の見ている中で立ち話をしているとは何事かと怒鳴りつけ、待ち合わせ場所をビルの上とビルの前で間違えているらしいことを叱り、他にも普段の不注意や細かなミスをあげつらい、そういう小さなマイナスが積み重なることで取り返しのつかない失敗につながると締める。

すべきことは決めた。あとは実行あるのみ。路地裏へ戻り、もう一度変身しなければ。

「……木王さん？」

そして魔法少女としての生き方をもう一度叩きこんでやらなければならない。

「木王さんだよね？」

だらしないとか、たるんでいるとか、それらは元がきちんとしている相手に使う言葉だ。元々からベースがだらしなくてたるんでいる連中は更《さら》に悪い。

「やっぱり木王さんだ！」

肩を掴《つか》まれ、振り向かされた。顔が近い。ぎょっとし、思わず後ろに退き、商店のガラス戸に手をついた。相手を見返す。見覚えのある顔だった。

「辺見《へんみ》……さん」

「久しぶり、木王さん」

木王早苗はごく最近まで会社員として働いていた。N市内の営業所で雑務に追われ、こんな所でコピーやお茶くみをしていては自分の力を発揮することなどできないと悔しい思いをしていた時、ソーシャルゲーム「魔法少女育成計画」によって魔法少女になり、こうなればもう用はないとばかりに退職した。辺見由香《ゆか》はその時の同僚だった。早苗と同じ仕事をし、それでいて自分の境遇を不満に思う風でもなく、毎日楽しそうにしているのを見て「なんという成長性のない人間だろう」と呆れたものだ。

由香は早苗の思いを知ることなく、屈託《くったく》なく話しかけてきた。早苗は鬱陶《うっとう》しさを感じるばかりだった。中途半端な時期に退職した人間なんて面倒な理由があったりするに決まっているのだから、街中で見かけたとしても話しかけるべきではないのだ。しかし、そんな理屈は由香に通じない。

「木王さん、どうしてたの？　連絡くらいちょうだいよ」

「いや、うん」

「いきなりいなくなっちゃうんだもん。あの営業所、木王さんいなくなったらおじさんおばさんばっかりだから私寂しくってさ」

「いや」

「木王さん、せめてメルアドくらい教えてよ。今度どこか遊びに行こう。どこにする？　カラオケとか行く？　木王さん、超美声だもんね。歌めっちゃ上手いし」

「辺見さん。ちょっといい？　私、今忙しいの」

「え？　忙しいの？」

由香は首を傾げ、おさげ髪がぴょこんと跳ねた。早苗は由香の視線を追い、自分の服装が部屋着だったことを思い出した。この格好では「忙しい」という言葉に説得力は皆無だ。腹にポケットのついたトレーナーを着て、いったいどんな用事で忙しいというのだろう。

「あ、ひょっとして……そのお店でお茶しようとしてたり？」

再び由香の視線を追った。今、早苗が片手をついているガラス戸が、カフェ……というより喫茶店と呼んだ方がしっくりくる店のドアだったことに気が付いた。

「そ、そうそう。ちょっとお茶しようと思って。それじゃまた今度……」

「じゃあ一緒にお茶しようよ。私も喉《のど》かわいちゃって」

「いや、ちょっと」

由香に背を押され、ガラガラという太いベルの音に出迎えられて早苗は喫茶店の中に入った。中には客が一人もいない。カウンターでコップを磨いていた店主が、早苗達の方を見ようともせず景気の悪い声で「いらっしゃいませ」と呟くように挨拶した。

「どうしよっかな。デラックスパフェにしよっかな」

由香はケースから眼鏡を取り出し、楽しそうにメニューを見ていた。早苗は店の外に目を向けた。双子と犬耳と白スク水の四人は未だビルの前で立ち話をしていた。

「木王さん？　なに見てるの？」

「いや！　なにも！　なにも見ていない！」

「どうしたの、急に大声出して」

「いや、その……ほら、会社辞めてから人と話すのが久しぶりで……」

「ああ、そういうの聞くね。声のトーンが上手く調整できなくなるって」

窓の外から注意を逸《そ》らせることには成功したものの、由香はひどく同情的な目で早苗を見ていた。早苗はテーブルの下で拳《こぶし》を握り締めた。なぜ同情などという屈辱的な目にあわなければならないのか。全て無能な手下どものせいだ。

「よし、決めた。やっぱりデラックスパフェにしよう」

「私はブレンド」

店主は陰気な声で注文を繰り返し、のろのろとした足取りで厨房《ちゅうぼう》に下がっていった。

店主が陰気だから閑古鳥《かんこどり》が鳴いているのか、客が寄り付かないから店主が沈んでいるのか、単に時間帯の問題なのか、なににせよ長居《ながい》したくなる店ではない。そして今の早苗にとっては店の雰囲気以前に長居したくない理由があった。

「本当急だったよね。木王さん辞めちゃったの」

「ええ」

由香に悟《さと》られないよう、さりげなく、そして素早く店外に目をやると、天使二人が羽ばたいて空中でホバリングしている光景が目に入り、早苗はテーブルに額《ひたい》を打ちつけた。

「どうしたの木王さん！」

「いや！　なんでもない！」

「なんでもないなんてことないよ！　そんな自傷行為！」

「気にしないで。ちょっと滑っただけだから」

「滑っただけでそんな風になるの？」

「タイミングと運が悪ければ」

「へえ、そうなんだ……怖いねえ」

あいつらはいったいなにをしてくれているのか。法であり倫理であるルーラがいなければ、ルーラチームは規律を守ることができない烏合《うごう》の衆《しゅう》だ。普段から感じていたことをまざまざと再認識させられた。駄目な魔法少女はルーラがまとめなければならない。出来得る限り早急に。

そのためにはまず、由香を振り切らねばならない。由香の目が届く場所では、変身することも、魔法の端末を取り出すことも、魔法の端末で馬鹿四人に連絡を入れることもできない。

「あ、ちょっとトイレ……」

立ち上がろうとし、ビルの前で両脇からたまを抱えて飛ぼうとしていた天使二人が目に入り、早苗はテーブルに拳を打ちつけた。

「ど、どうしたの?」

「ごめん、なんでもない」

「え?　トイレっていってなかった?」

「いや……ええと、そこのトイレ前に吊るしてある人形。あれちょっと可愛いなって」

「あの呪いのブードゥー人形みたいなやつ?　可愛い?　あれ可愛いかな?」

まずい。トイレに立つのはまずい。今はまだ空を飛ぶ天使の姿は誰にも見咎《みとが》められていないようだが、早苗が席を立つと手持無沙汰《てもちぶさた》になった由香が店の外を見て、大騒ぎになる可能性が高い。

ここは腰を据《す》えて事に当たらなければならない。店主が持ってきた美味くもないブレンドコーヒーを啜《すす》り、由香の言葉に適当な相槌《あいづち》を打った。

「ううん……ちょっとこのパフェ期待外れかな」

「そう？」

「コーヒーゼリーゾーンとフレークゾーンがちょおっと長過ぎるかなあ。メニューの写真だとアイスとかクリームとかフルーツとかの素敵ゾーンがもっと長かったのに、これじゃ全体の三分の二がコーヒーゼリーとフレークゾーンじゃない」

「それはそれでいいんじゃない？」

「わかってないよ、その発言はわかってない。これじゃ納得なんてできないよ。よし、決めた。すいませーん、追加注文でトリプルベリーパンケーキお願いしまーす」

潰《つぶ》された蛙《かえる》のような声が出そうになった。これ以上食べるのか。これ以上長居するのか。こっちは早く切り上げて終わらせたかったのに、どれだけ食べれば満足するのか。成人女性が夜に甘い物ばかり食べて体重増加は怖くないのか。

「木王さん、お料理も上手だったよね」

「あなたの前で料理する機会なんてあった？」

「忘年会で焼肉屋に行った時さー、焼けるか焼けないかのデッドライン的確に見抜いてきびきびと指示出してさー。この人についていけば美味しい肉が食べられるんだって信頼感みたいなのがあったもん」

「それ、料理?」

「焼肉は料理でしょー。木王さんと同じテーブルになったから美味しい肉食べられたけどさ、部長のとことか酷かったよ。肉が焦げ焦げで。同じテーブルの人達、部長に文句いうわけにもいかないから焦げた肉美味しそうに食べるしかなくてさ、見ててかわいそうだったよ。あれじゃ忘年会っていうよりサービス残業だよね。残業といえば私も今日残業だったんだけど、こんな時間に出歩いてればそれはわかるか。木王さんが抜けちゃったからすごい忙しくなってさー、いや木王さんに恨み言いってもしょうがないんだけど」

食べる、喋る、食べる、喋る、食べる、喋る、食べる、喋る。どこまでもよく口が動く。食べるでも喋るでも熱中してくれればいい。早く終わらせて、早苗は馬鹿どもを叱りつけてやらなければならない。

「どうせ木王さんの抜けた穴を埋めるなんてできないしね。私じゃ無理だよ。課長もさ、うちの会社は得難い人材を失ったって溜息吐いててさ」

喋らせておけばいい、と思っていたが、少し気になる話題ではあった。

「……そうなの?」

「そうだよ。課長もなにかっていうと嘆いてばっかりで」

有能な社員を冷遇した挙げ句に辞められてしまった側の嘆き、というのは悪くなかった。

「ふうん……」

「ほら、お花見のかくし芸あったじゃない」

「うん？　ああ、そんなのもあったっけ」

「私と木王さんが組まされてなにかかくし芸しろっていわれてさ。私なんて半泣きになってどうしようどうしようってばっかりだったのに、木王さんきっちり準備してきてくれたもんね。あれはマジでビビったよ、驚異の物まね百連発」

「ええ、まあ、そんなこともしたけど。それがどうしたの？」

「すごいよね、数は多いけどクォリティ追及して一つ一つに笑いどころ作ってさ。私も衣装チェンジ手伝いながら吹き出しちゃったもの。他の花見客も集まってきてさ、プロの芸人さんだと勘違いした人達が大笑いしながらおひねり投げてくれて。課長いってたよ、あれだけの芸の持ち主は他にいない、惜しい人材を失ったって」

真面目に聞いて損をした。早苗は頬杖《ほおづえ》をついて顔を窓に向け、顔をしかめた。双子の天使と犬耳の少女に、白いスクール水着の少女が袋入りのスナック菓子を配って——

「木王さん、なに見てるの」

「いいえ！　なにも！」

「さっきから急に大声出すね」

「だから声の大きさを上手く調整できなくて」

「そういうもんなの？」

「そういうもんよ」

「大声ばっかり出してると喉痛くならない？」

「そうね、わりと」

冷めて久しいブレンドで喉を潤《うるお》し、ちらと外に目を向けると、レジャーシートを敷き、その上で車座に座った魔法少女達がお菓子を食べていた。

「がふっ、ごはっ、ごほごほごほっ」

「ちょ、ちょっと木王さん！　しっかりして！　はい、水！」

「ああ、ありがとう……ごほっ」

あいつらはなにをしているのか。どこから来てどこへ行こうとしているのか。どうすれば路上で一般人に姿を晒《さら》しながらお菓子タイムなんてことになるのか。早苗は水を飲みながらも何度か咳きこみ、由香は早苗の隣に回って背中を撫でさすりながらテーブルの上に飛び散ったコーヒーを紙ナプキンで拭き取ってくれた。

「体調が悪かったりするの？」

「そうね……ちょっと悪くなってきたかもね」

「救急車呼ぶ？」

「いや、そこまで大袈裟《おおげさ》な話じゃないから大丈夫」

「それならいいけど……木王さん、辛かったらいってね」

「だから別に大丈夫だって」

「私はね、仕事でも木王さんに色々助けてもらって恩義を感じてるの。だから少しでも恩返しができればって思ってるの。頼ってくれていいんだからね」

そんなに恩返しがしたいならさっさとパンケーキ食べ終えてくれればいいのに、と思っても口に出すことはできない。

「普段の仕事もテキパキなんでもこなしたし、かくし芸の時も助けてもらったし、あと窓口にポップ作る時もイラスト描いてくれたでしょう。プロみたいなやつ」

「プロはもっと上手いでしょ」

「そんなことないよ。さらさらっと描いたのに、あんなに上手いんだもの。私じゃあんなことできない……仕事も、かくし芸も、イラストも。あと社内ボーリング大会でも一人で二百本近く倒して女子チームにハンディ要らなかったなとかいわれてたし、運動会でも出場した競技で全部一位とって、パン食い競争はレコード作ったって」

「あの営業所、レクリエーション多過ぎると思うわ」

「それは所長の趣味……そんなことより、木王さんだよ。東京から上司殴って流されてきた暴れん坊スーパーエリート社員が来るって噂されててさ」

「殴ってはいないけど」

「実際来たら噂よりすごいんだもの」

逆にいえば、レクリエーションしか活躍する場が無かったともいう。魔法少女になる前のことを思い出しても憂鬱なばかりで全く楽しくはない。由香がどれだけ楽しそうに話してくれても、早苗にとっては色褪《いろあ》せた思い出だ。

由香の語りを聞き流しながら、早苗は会社員時代を思い出し、小さく溜息を吐いた。魔法少女という救いがなければ腐っていくだけだった。いや、塩漬けにされて腐ることさえできなかったかもしれない。田舎の営業所のちょっとした名物社員として、イベントの時だけ頼りにされ――早苗は僅《わず》かに残ったブレンドを啜り、外を見た。双子の天使が掴み合い、たまとスイムスイムがそれを止めるべくそれぞれを後ろから羽交《はが》い絞《じ》めにしていた。

「あのバカっ……」

いきなり立ち上がった早苗を由香は不思議そうな顔で見上げた。

「どうしたの、木王さん」

「いや、あの……バカ……ええと、バカにお腹が痛い……うん、痛い」

「えっ、大丈夫？」

「ええ、うちに帰ってお腹をあっためれば……たぶん、たぶん大丈夫。うん、ごめんね。ここにコーヒー代置いておく。私はお先に失礼させてもらうから」

「あ、ちょっと待って。LINEとか教えて」

「あ、うん、ごめんね、今スマホ持ってなくて」

「じゃあ私のID、紙ナプキンにメモしておくから」

「いや、そういう」

「ちょっと待って、すぐ終わるから。ね、お願い」

涙目で縋《すが》りつかれると突き放し難い。しかし早いところチームメンバーに連絡を入れ、天使二人を制止しなければとんでもないことになりかねない。あの二人はルーラの知る限り喧嘩の一つもしたことはないのに、なぜ今日に限って、この場に限って、掴み合いの喧嘩を始めてしまうのか。

早苗はちらと外を確認した。双子の天使は掴み合い、羽ばたきながら螺旋《らせん》を描いて上昇していき、視界の外に消えていった。たまは呆然とそれを見上げ、スイムスイムは大きな欠伸《あくび》をした。

既にどうしようもなくなってはいないだろうか。早苗は泣きたくなったが泣くわけにはいかない。向こうの問題を解決するため、まずはこちらの問題を解決する。由香はIDを書き終えたろうかと目をやると、由香も窓の外をじっと見ていた。早苗は足元が崩れるような、「ああ、終わった」という感覚に襲われ、ソファの上に座りこんだ。由香は二度三度頷いた。

「『魔法少女育成計画』だっけ。流行ってるらしいね」

「ああ……うん」

「最近のコスプレはスゴイなあ」

「うん、コスプレ……うん？」

「これこれ、ここ見てよ」

由香がバッグから取り出した物は先程女子高生が持っていたのと同じ、薄っぺらな地方誌だった。「大人気！『魔法少女育成計画』とは？」という派手なフォントが表紙を飾り、パラパラと捲られた頁には白黒で『魔法少女育成計画』のプレイ画面が、それに「N市でもコスプレ少女が多数出没」「社会問題化するのではと専門家は懸念」「スマホでゲームをしながら側溝に落ち入院中のAさんに緊急取材」といった太字の小見出しが並んでいる。

双子の天使は地面すれすれまで下降し、縺《もつ》れ合いながら再上昇していった。

「ドローンだっけ。ああいうのいいよね。私も欲しいなあ」

由香は羨ましそうな声を出し、通りすがりの人々は双子の喧嘩にスマホを向け、そのまなにもなかったかのように通り過ぎていく。足を止めようとさえしない。早苗は数回瞬きし、深々とソファに身を沈めた。

「辺見さん」

「なに？」

「この街の人、おかしいわ」

「そう？　そうかな？　あまりそう感じたことは無いけど」

サークルの王子様

シスターナナとヴェス・ウィンタープリズンが
魔法少女になる前のお話です。

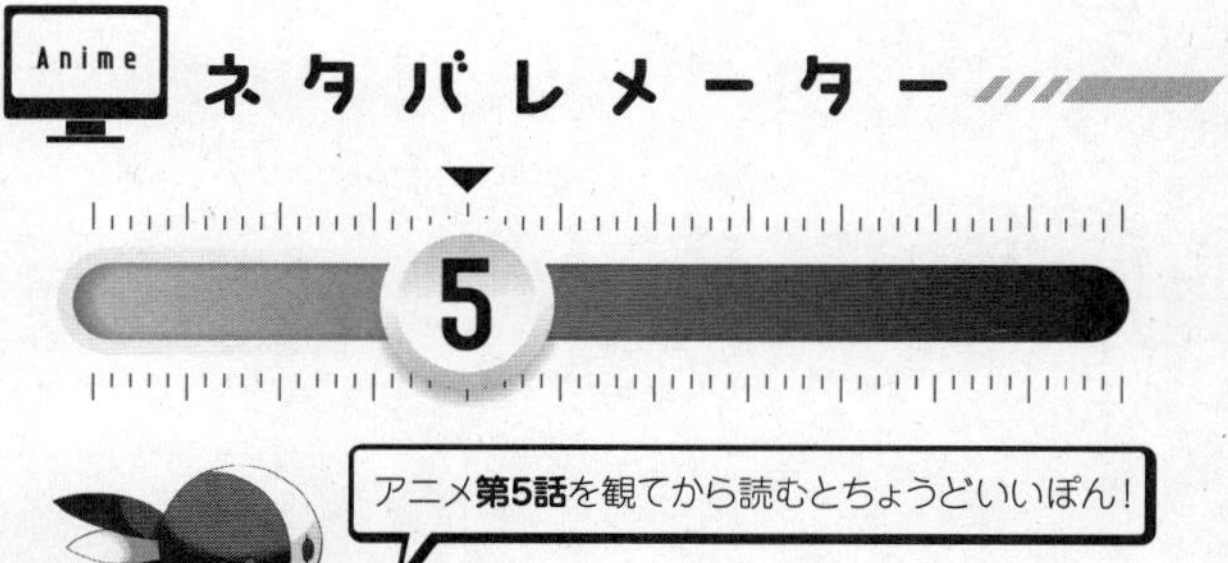
Anime
ネタバレメーター
5
アニメ**第5話**を観てから読むとちょうどいいぽん!

本書のための書き下ろしです。

羽二重奈々《はぶたえなな》は亜柊雫《あしゅうしずく》を一目見て「こいつとは仲良くなれないな」ということを直感的に悟った。

彼女のことは、以前から一方的に知ってはいた。亜柊雫は学内有数の有名人だ。彼女のことを知らない者は学生教師問わず一人もいなかったといっていいだろう。用事もないのに態々《わざわざ》見物しにくる者までいる、という噂がまことしやかに囁かれていた。

クールビューティーだのスポーツ万能だの才媛の誉《ほま》れ高いだのという雫に興味を持つこともなく、奈々は平穏無事に一年を過ごし、二年の春、応用数学のゼミで彼女を初めて見、お付き合いは極力避けようと考えた。

奈々にとって最もわかりやすい「美しさの指標」とは周囲の反応である。周囲の反応が大きければ大きいほど、美の絶対値も大きい。奈々はそう考えている。その点、雫ほど美しい者はいなかった。彼女はなにをするにしても周囲に人垣を作り、男子のアプローチだったり女子の溜息だったりを集め、それが当たり前だといわんばかりに平然としていた。だからこそ奈々は気に食わなかったのだともいえる。

雫はノーブルな雰囲気、ボーイッシュなファッション、端整《たんせい》な顔立ちから「プリンス」「王子」という失笑もののあだ名で呼ばれていた。奈々にとってのプリンスや王子は現実世界には存在しない。フィクションの中でのみ優しく奈々を抱きしめてくれる。

元々雫とは接点を作ることなく一年間過ごしたわけで、ゼミが同じになったからといって友達付き合いをしなければならないわけではない。最悪ゼミは乗り換えることだってできる。そこまで数値解析だの汎函数《はんかんすう》だのに未練があるわけではなく、友達に誘われたから程度のいい加減な動機でやってきた。そもそも雫の方は奈々のことを認識してさえいないだろう。ちやほやされることに慣れ、自分の方を向こうともしない人間は最初からいないことになる。それでいい。不干渉が一番だ。ちやほやされることを否定するつもりはない。奈々だってちやほやされれば嬉しい。単に人間として雫が気に入らないだけだ。

だから絡むつもりは更々《さらさら》無かったのだが、ふとした時目に入ってしまうことはある。このゼミではどのようなことをするのかという老教授の説明中、今は何時かと壁の時計で時刻を確認し、視線をホワイトボードへ戻そうとした時、その途中で雫と目が合った。反射的に笑顔を浮かべて会釈《えしゃく》し、すぐに視線を外したが、言葉に表すことが難しい「嫌な予感」が喉元を掠《かす》めた。こういう予感は、嫌なものであるほど的中する。

午後三時。今日はこれ以上学内ですることもない。友人と別れ、奈々はサークル棟へと向かった。所属しているスキーサークルの部室は、サークル棟の奥まった所、古かったり汚かったり黴《かび》臭かったりするプレハブ小屋の中でも一際薄汚れている一棟の三室目にある。壁には、何代か前の先輩がやらかしたという下品な落書きがデカデカと描かれ、貧民窟《ひんみんくつ》かスラム街かという雰囲気に、屈強な男子学生でさえ足を踏み入れることを躊躇《ちゅうちょ》する。

とはいえ雰囲気だけだ。実際女子がやってきたからといって襲われることはない。少なくとも奈々は襲われたことなどない。女子では入り難《にく》い雰囲気というのはとても重要なポイントであり、それを乗り越えるからこそ得るものもある。

「どうも、失礼しまーす」

「おお、奈々ちゃん」

「おひさー」

「やあ」

「あら珍しい。久しぶりに北島《きたじま》さんの顔を見ましたよ」

「いつ見てもイケメンだろ？」

「なあ、今ドイツのボードゲームやってたんだけどさ。奈々ちゃんもやんねえ？」

「へえ、面白そう」

「どうぞどうぞ」

狭い部屋の中に男ばかり五人も詰めている。奈々が来たことがわかると全員が一斉に立ち上がり、内一人が空いている椅子を引き、奈々は小さく頭を下げてそこに座る。素晴らしいVIP待遇だ。これがあるから奈々はこのサークルに通っている。

このスキーサークルはスポーツ系のサークルということになっている。だからこそ鉄筋の文科系サークル棟ではなく、プレハブ小屋が連なる体育系サークル棟に部室がある。しかし実態は体育系とは程遠い。年に一度のスキー合宿以外はスキー板に手を触れることさえなく、延々とだべり、ゲームや麻雀をし、名目だけは「スキー合宿の予定を立てている」ということになっているため、怒られたり叱られたりすることはない。外に出て行うスポーツのサークルであるにも拘《かか》わらずインドア派という矛盾《むじゅん》した存在になっている。

サークル自体がこのようにろくでもなく、立地面でも逆風が吹いているため、女性構成員は奈々以外いない。奈々は友人からこのサークルについて質問された時は、言葉を濁《にご》しつつ微笑みを返すことにしていた。この反応を見た友人はそれ以上なにを訊くこともなく、別の話題へと移り変わることになる。新たな女性会員が増えなければ、それでいい。

「チップスバーの新作出てたよ。一つどう？」

「ああ、お茶お茶。いつものやつでいい？」

「氷二つ入れてあげてー」

女性メンバーは増えない。つまり奈々しかいない。そしてこんなサークルに入るのは冴えない男ばかりだ。幼稚園まで遡《さかのぼ》っても女子とろくに話したこともないようなむさ苦しい男達の中に女の子が一人だけいる。そうなれば当然ちやほやされることになる。ちやほやされれば奈々は嬉しい。別に命令してやらせていることではなく、他メンバーが進んで奈々を持ち上げてくれる。やりたくてやっている、お互いが得をしている、互恵《ごけい》関係といっていい。少なくとも損をしている者はいない。

どれだけ嫌なことがあっても、ここに来れば心が洗われる。王子様はいないが、王子様はそもそも現実にはいないのだ。ゲームは終了し、次は最下位者と入れ替わりで奈々が入ることになった。

「お手柔らかにお願いしますね」

「大丈夫大丈夫、ガチでやってんのは上村《うえむら》だけだから」

「いやいやいや、なんでそこで俺の名前が出てくるんすか」

「誰がガチでもいいからさ、まずは場決めのサイコロを——」

ノックの音が狭い室内に響いた。男達は顔を見合わせ、その後、奈々に視線を向け、奈々は首を傾《かし》げることで「私は知りませんよ」ということを伝えた。ノックをして入室するのは奈々以外いない。つまり外部の人間ということになる。あからさまな違法行為に手を染《そ》めているわけではないが、真面目に活動しているとはいい難《がた》い。

部長の合図を待たず、奈々を除いたメンバーは動いた。卓上のゲームやサイコロをまとめ、部屋の隅に堆積《たいせき》していた雑多な私物の上に投げ、その上に毛布をかけた。ホワイトボードがくるりと反転し「スキー合宿の予定」がつらつらと書き連ねられた面が表になる。全員が座り直したのを確認後、部長は「どうぞ」と来訪者を促《うなが》した。

「失礼します」

ドアが開き、光が射しこんだ。奈々は眩《まぶ》しさに目を眇《すが》めた。強い光で姿を認めることは

できなかったが、声に聞き覚えがあった。涼やかで、よく通り、だからこそ耳に入ると癇《かん》に障る。聞き覚えがあるというより、一度聞けば忘れることはない。

ぎぎと軋《きし》みながら扉が閉まっていく。徐々に光が薄らぐ。そこに誰がいるのか、見たくはなくとも見えてくる。男達は呆然《ぼうぜん》と彼女の姿を見ていた。否《いな》、見惚《みほ》れていた。ある者は半開きで口を開け、ある者は何度も瞼《まぶた》を擦《こす》り、ある者は思わず立ち上がり、ある者は口の中でぼそぼそと何事かを呟いた。

「半端《はんぱ》な時期にすいません。入部希望です」

亜柊雫は爽やかな笑顔でそう話し、奈々は足元が崩れるような感覚を覚えた。

◇◇◇

奈々は陰口を叩くのが嫌だったし、面と向かって罵倒《ばとう》するのはもっと嫌だった。ちくりと嫌味で刺すのは輪をかけて嫌いで、名を隠して匿名《とくめい》掲示板やSNSで「今日こんな嫌な人と会いました」などと書き込みをするのは論外だった。心の中でならどれだけ汚いことを考えてもいい。しかしそれを口にしてはならない。誰かの悪口をいえば、その時点でフィクションの王子様に愛される権利を喪失する。それは奈々の信念であり信仰だった。だから耐えるしかなかった。亜柊雫の襲来――そう、襲来だ――によってサークル内の人間関係は変化した。奈々を頂点に置き、皆が奈々に傅《かしず》いていたという美しい形は崩壊し、奈々は玉座《ぎょくざ》から蹴落《けお》とされ、クーデターを成功させた新女王、亜柊雫による統治が始まった。奈々の専用席だったはずの肘掛付きオフィスチェアは雫の物になり、奈々がなにをしても気にかけてくれていた男連中は雫しか目に入らなくなってしまっている。冷遇されるというより存在を忘れられかけている。男達はうっとりとした目で雫を見、その後奈々に目を移し「ああそうだ、こいつもいたんだったっけ」と目で語る。目は口程《ほど》に物をいう、とは本当だ。かえって言葉にしないからこそ嘘を吐《つ》くことはない。

皮肉なことに、奈々に対して最も優しいのは雫だった。奈々が来れば椅子を引いてくれるし、奈々の好きなお菓子を「どうぞ」と勧めてくれる。しかしそれは真の優しさではない。上位に立った者が、下位へと落ちた者に向ける余裕の表れに過ぎない。奈々は屈辱と怒りを内心に押し殺し、笑顔でお菓子を受け取り、口内で噛み砕く。どれだけ味が甘くとも、これもまた臥薪嘗胆《がしんしょうたん》だ。

そこまでの違いがあるか。この女と。私との間に。

思いを口には出さず、お菓子と一緒に飲み下す。

ゲームも雫が中心になり、雫が有利になるようゲーム中にルールが変わり、雫に読んで欲しいという漫画を山程持ってくる者あり、雫にやって欲しいとゲームソフトを持ってくる者あり、これがあると便利だからとタブレットをプレゼントする者あり、贈り物攻勢はどんどんエスカレートして止まらなくなり、こんなこと、奈々の時には一度も無かった。

駅まで送っていこうという雫の申し出を、これ以上ない笑顔で断り、奈々は自宅マンションに戻って鏡の前に立った。

顔立ちについては、雫と比較して考えたくない。しかし奈々は不細工というわけではない。むしろ整っている方だ。雫が異常なだけだ。

女の子らしさ、可愛らしさという点ではむしろ奈々が勝っている。雫がスカートを穿《は》いているのを見たことはない。細身の革サスペンダー、シルバーチェーンをベルトの代わりにしたコート、やたらとバンドのついたブーツ、といったなんとなくオシャレ気なアイテムも女性寄りというより男性寄りで、メイクもナチュラル風以前に至って淡泊《たんぱく》、「王子」「プリンス」というあだ名が示すように中性的な印象が強い。

もっとも奈々も、最近はメイクにも力を入れていなかった。つけまつげが化粧台の引き出し奥でひからびている。これからはベタベタな厚化粧を避けつつ、なるだけ自然な感じで盛っていくとして、化粧以上に大きな懸案がもう一つあった。できることなら考えたくはなかったことだ。

奈々は鏡の前で右に一回転し、左に一回転した。イチゴを散らしたスカートの裾《すそ》は軽快に回転し、しかし奈々の動きは鈍重《どんじゅう》だった。足回りが滑《なめ》らかに動いていない。

原因は明らかだ。体重計に乗ることが嫌になってから三ヶ月は経過している。贔屓目《ひいきめ》に見ても、贔屓目無しに見ても、体重は増えている。スポーツ系のサークルとはいえ、運動どころかろくに動くことさえせず駄弁《だべ》ってばかりだ。お菓子を摘《つ》まみ、ジュースを飲み、一週間から二週間に一度行われる飲み会でも、よく飲み、よく食べる。他人の金だから盛大に飲み食いしようという浅ましい思いがあったわけではない。単純に料理も酒も美味かった。唐揚げ、フライドポテト、イカリング、じゃがバター、どこにでもあるような居酒屋メニューがやけに美味しく、ビールも合わせればどこまで入ってしまう。

そして運動することはない。元々太りやすい体質の人間が、これで太らないわけがなかった。大学入学までに十五キロ痩せることを目標に受験勉強の傍らダイエットに励むという荒行の結果、見事スリムになって大学デビューを果たしたのも今は昔。これ以上太れば入学前の水準を超えてしまうことになる。

奈々は決めた。ダイエットを敢行《かんこう》する。今回は受験勉強がセットではないだけ以前のダイエットよりも大分マシといっていい。これならいける。やれる。奈々のオアシスは奈々だけの物だ。新参者に荒らさせるわけにはいかない。ダイエットし、痩せ、かつての威光《いこう》を取り戻し、再び奈々が女王として君臨《くんりん》する。

◇◇◇

　ダイエットを決意してから一ヶ月後。奈々は体重計の表示を見て溜息を吐いた。この一ヶ月間、小さな上下はあったものの、全体としては横這《よこば》いのままで変化がない。太ってはいないが痩せてもいない。通販で購入したルームランナーは朝晩三十分間毎日使用している。洋菓子店「ラランティ」のブルーベリーレアチーズケーキを食べたくなってもぐっと我慢し、縛ったハンカチを奥歯で噛み締めて耐える。ジュースはやめてお茶にする。エレベーターは使わず階段を行く。一駅くらいの距離なら歩く。そうした努力の数々が実を結ぶことなく、ただただ我慢を強《し》いられただけで現状を維持している。

サークル内は依然雫の支配下にあり、体重の変わらない奈々には手出しのしようがない。少し間を置いてから出向いても「久しぶり」「最近顔見せなかったけど、どうしたの」などと声をかけられることはなく、普段通り「こんにちは」「いらっしゃい」「やあやあ」だけだ。たとえ奈々がいなくとも、いないことさえ認識されていないのではないか。

　体重計から下りると表示が消えた。見たくない表示が消えたことでほっと一息吐き、ほっとした自分に暗然とし、溜息を吐いて下着を身に着け、パジャマを着て窓際の籐椅子《とういす》に腰掛けた。空には星が光っている。きっと一番強く輝く星が雫なのだろう。だが、せめて、サークルの中でだけは、一番光る星でありたい。

　夜空を見上げたまま、奈々はここ一ヶ月の自分を振り返った。いったいなにがいけなかったのか。どうして痩せることができていないのか。飲み会を断ることはなかったが、それはこれ以上付き合いを細くしていよいよ忘れられるわけにはいかないからだ。外すことができないイベントとして仕方なく付き合い、少しだけ食べて——いや、少しではなかった気がする。頼んでもいないのに奈々の好きなもの、唐揚げやフライドポテトが出てきて、しかもそれを奈々の目の前に置くものだからついつい手が出てしまった。一度だけではない、二度も三度もそんなことがあった。

——ん？

頭によぎる閃《ひらめ》きのようなものがあった。

あれは飲み会での唐揚げやフライドポテトではない。普段の部室内でのことだ。奈々の前にチップスバーの新作が差し出され、ついつい手を出してしまった。しかしチップスバーを好んでいる者は、あの中に奈々以外いない。チョコ系の菓子を好む者、クッキー系を好む者、塩煎餅《しおせんべい》を好む者、黒蜜《くろみつ》かりんとうを好む者、各人の好みはバラバラで、皆が自分の好むお菓子を用意する。奈々が「無糖社」のチップスバーシリーズを好んでいることは皆知っていて、雫が来る前は争って用意しておいてくれたものだった。現在、奈々のカリスマは失われ、わざわざ奈々が好むものを用意しておいてくれるような人間は誰もいない。ならば何故チップスバーがあった？　それも毎回だ。

奈々は顎先《あごさき》に指を当てて前傾姿勢をとった。

不自然だ。あるはずのない物があった。奈々の好物が常に供され、飲み会でも奈々の好きな物ばかりが奈々の前に出てきて……その時誰がいた？　奈々は立ち上がり、冷凍庫の中から高級ブランドのカップアイスを取り出して封を開けた。記憶を探るために、脳に糖分を与えてやる必要があった。

◇◇◇

数日後のサークルではいつもと違うことが一つあった。送っていこうかという雫の申し出に対し、奈々が頷いたのだ。名残惜《なごりお》しげな男どもを置き去りにし、二人は駅に向かった。道中でも男女問わず雫は視線を集めた。驚いたり、羨《うらや》んだり、あるいは心を和《なご》ませたり、そうした視線をまるで気にすることなく、雫は堂々と歩く。他人の目を気にしているのは奈々ばかりだったが、奈々を見る者は誰もいない。皆、雫を見ている。

「大丈夫？」

沈鬱《ちんうつ》な表情にでも見えたのか、隣を歩く雫が心配そうな顔で手を差し出したが、奈々はかぶりを振って掌《てのひら》を向けた。

程なくして駅に入り、五分ほど待って下りの電車に乗った。三両編成の二両目。乗客は奈々と雫以外いない。拳《こぶし》一つ分を挟んで隣り合って座り、奈々はふうと息を吐いた。

「亜柊さん」

「なに？」

雫は意外そうな表情で奈々を見ていた。奈々から雫に話しかけたということは、記憶する限り今まで一度もない。そんな用事は無かったからだ。今は違う。奈々は続けた。

「チップスバー、お好きなんですか？」

「いや……スナック菓子はあまり」

雫の表情が曇った。曇ってさえ整っている。忌々《いまいま》しさが顔に出ないよう、奈々は小さく咳払いし、続けた。

「最近部室で出てくるチップスバーは全部亜柊さんがご用意されていると聞きました」

「うん、まあ」

「好きでもないものを買ってくるのですか？」

「いや、それは」

困ったような顔で俯《うつむ》いた。実質認めたようなものだ。奈々は一歩踏みこむことにした。

「私のために買っていたんですか？」

「ああ……そうだね、うん。羽二重さん、チップスバー好きだって聞いたから」

「飲み会の席で唐揚げやイカリングを注文されていましたね」

「ああ、そうだね」

「でもご自分では召し上がらない」

「脂っぽいものは得意じゃなくてね」

「それも私に食べさせるため、ですか？」

「うん……」

無駄に長い脚を組み換え、額に両手を当てて雫は俯き、目を瞑《つぶ》った。頬は僅かに赤らんでいる。悪事が露見《ろけん》したことを恥ずかしく思うくらいの常識はあるようだ。

だが恥ずかしく思ったからといって許してやる理由はない。

「なぜ私に食べさせようとしたのですか？」

理由を知りつつ質問した。雫による妨害工作で奈々のダイエットは失敗した。痩身化《そうしんか》を果たすことはならず、サークル内での地位を取り戻すこともできていない。

雫は言い難《にく》そうにぽつりぽつりと話し始めた。

「羽二重さん、最近元気なかったみたいだから」

あんたのせいだと思ってはいても口には出さない。

「食べる量も減っていた」

観察されていた、というわけだ。驚くことではない。ふと顔を上げた時、雫と目が合って反射的に微笑むといったことは何度もあった。雫から見れば、奈々如《ごと》き取るに足らない存在でしかないだろうに、なぜそこまで観察して追いこむ必要があるのか。

「だから私がたくさん食べるように仕向けた、と」

「好きな物なら口に入るかもしれない。食べなければ元気も出ないだろう、そう思って」

奥歯が擦《こす》れ合う不愉快な音が口の中で鳴った。悪事が露見したことを恥じている、などという殊勝《しゅしょう》な態度ではなかった。雫は自分のやったことがバレても言い訳がきくようにしていたのだ。そんな苦しい言い逃《のが》れが通用すると本気で思っているわけではないだろう。あくまでも建前としてエクスキューズが存在すればいい、自分が責められない罵《ののし》られない理由があってくれればいい、悪者になりたくない、そう考えているに違いなかった。

奈々は雫の顔を盗み見た。俯き、真剣味を帯びた表情で目を瞑っている。頬に差した赤みは先程より色濃くなっているような気がした。あれは恥ずかしいと思って顔を赤くしているのではない。奈々をいたぶる喜びに興奮している。間違いなかった。

電車が揺れ、奈々の尻が一センチほど浮き、すぐに落ちた。肉の揺れを感じ、それによって口惜しさと忌々しさが倍加され、奈々は微笑んだままで歯噛みした。

相手は事実を認めつつ、非を認めようとはしない。しかしそれもある程度は予想できていたことではある。雫は自分が悪いと謝るタイプには到底見えなかったからだ。

雫が頭を下げないというなら、それはそれでいい。プランはAだけではない。Bもある。ポイントは雫の動機だ。サークルに入った動機であり、奈々を貶《おとし》めようとした動機でもある。雫のようにリアルの充実している人間が、態々サークル棟の吹き溜まりまでやってくるにはそれなりの理由があるだろう。奈々を抑えつけたいというのも同様に理由が必要となる。奈々はある程度理由については察していた。

「亜柊さん」

「うん？」

雫は顔を上げ、奈々を見た。奈々はにっこりと微笑んだ。

「サークル内で気になっている方がいらっしゃるのではないですか？」

そう、恋愛だ。サークルの中に雫の意中の人がいたとすれば平仄《ひょうそく》が合う。好きな人がその他大勢の男達と一緒に奈々をちやほやしていたのを見て、雫は気が気ではなかったはずだ。奈々という恋敵《こいがたき》をやっつけ、意中の人と付き合い幸せなエンドマークを描くということが目的であれば、奈々としてはいくらでも協力してやる。これだけ酷い目にあわせてくれたやつに協力するなんて、という気持ちが無いといえば嘘になるが、それでも平穏な毎日が戻ってくるのならその方が良い。

サークル内の誰とお付き合いしてくれようと奈々は構わない。奈々にとって彼らは、あくまでも奈々をちやほやしてくれるための要員であり、個人的に好意を抱いている相手はいない。まるで趣味ではない。誰が好きなのか知らないが、雫も相当なものだと思う。彼女の周囲にはルックス的にも将来性的にももっとレベルの高い男が大勢いるだろうに、蓼《たで》食う虫も好き好き、というやつだろうか。

奈々は雫を見、雫は奈々を見返し、慌てて目を逸らして顔を前の座席へと向けた。なにもない空間を凝視し、手は固く握って膝の上に置いている。頰の赤みは強い。これは図星《ずぼし》を突かれて緊張している、そう見て間違いないだろう。

数呼吸置き、雫は口を開いた。

「気になっている、というか……まあ」

「まあ？」

「応用数学のゼミ、覚えてる？」

奈々が内心の驚きを面《おもて》に出すことはなかった。目は合ったが、認識は一方的にしているものだと思っていた。まさか雫があの時のことを覚えているというのか。

「ええ、はい」

「あの時、目が合っただろう。それで君が笑って——私は——幸せ——気持ち——」

愕然《がくぜん》とした。雫はさらになにかを口にしていたが、奈々の耳には入ってこなかった。目を合わせたということは喧嘩を売ったと同じことである、というのは野生の動物かカタギではない人種に通用することだけだと思っていた。あの時目が合ったから追い込みをかけることにした、そういうことを彼女はいっている。

いや、単に目が合ったからというだけではない。奈々は、あの時感じた「こいつとは仲良くなることができないな」という第一印象を思い出す。もし同じことを雫も感じていたとしたら、極《きわ》めて気に入らない相手から「睨《にら》みつけられた」「ガンをつけられた」「その上で嘲笑《あざ》われた」ことになってしまっているのではないだろうか。

雫の頬に差した赤みの意味をようやく正しく理解することができた。あれは「怒り」だ。激昂し、それによって赤くなっていたのだ。

奈々は慌てた。敵対し、奈々を追い落とすことが雫の目的というのならば、プランAもBもあったものではない。奈々は心のオアシスを追い出され、そしてそれだけで済むかどうかは雫の胸先三寸《むなさきさんずん》だ。どこにいっても雫がやってきて奈々の居場所を奪う、などということを考えるだけでも身が竦《すく》む。亜柊雫という女はそれくらいのことを容易にしてのけるだけの能力を持ち、躊躇《ちゅうちょ》なく実行できる非情さ、残酷さも併《あわ》せ持っている。

「で、これなんだけど」

気付けばなにかを手渡されていた。小さな紙切れだ。裏返してみて、奈々はぎょっとした。毒々しい色彩、おどろおどろしい血糊《ちのり》のようなフォントで「シスター・オブ・ザ・デッド」と描かれ、腐った死体が元気に動き回り、修道女が泣き叫びながら逃げ惑《まど》うという地獄のような光景が描かれている。思わず取り落しそうになり、紙を持った右手に左手を添えて力を入れた。

「その……いきなりゾンビものっていうのもどうかと思ったんだけど、ゾンビファンではない一般のお客さんにも評判がいいらしいんだ」

「はあ……ああ、映画のチケット」

アナウンスが次の駅名を告げた。自宅マンションの最寄り駅だ。奈々は萎《な》えそうになる両膝を叱咤《しった》して立ち上がった。家が近い以前に、ここにいたくない。

「あの、私もうすぐ降りなくてはいけないので」

「家まで送っていくよ」

ぞっとした。自宅の位置を知ってどうするつもりだというのか。学内だけでなく、家という安息の地さえ残しておいてはくれないというのか。

「いえ、けっこうです。私なら大丈夫ですから」

「大丈夫です」と連呼し、雫を押し止《とど》め、どうにか電車から出、背中に声をかけられた。

「それじゃ今度の日曜、十時に。駅前の少女像前で」

——えっ。

振り返ると、雫が手を振っていた。その手には奈々が持っている物と同じ、悪趣味なゾンビ映画のチケットが握られ、奈々は雫がなにをいっているのか理解した。電車が騒々しく去っていき、騒音も揺れも消え、後にはくずおれた奈々が一人残された。

奈々は神に祈った。なぜ目が合ったというだけでここまで苛められなければならないのでしょうか。こんな理不尽なことが許されるのでしょうか。グロテスクで気味の悪い映画を強要され、私はどうされてしまうのでしょうか。もしあなたに少しばかりの慈悲もあるというのならば、どうか私をお救いください、と。

◇◇◇

神はいなかったが、神ならぬ者から救いの手が差し伸べられた。

「というわけで、あなたには魔法少女として活動してもらうことになったぽん」

奈々は掌を、次いで半回転させて手の甲を見た。肌の質感は陶器《とうき》のように滑《なめ》らかですべすべしている。短く丸い指ではない、長くしなやかで雫の指のようだ。

立ち上がり、歩く。これだけの動作なのに、軽く、機敏に、より思うがままに自分の身体が動いているということがわかる。モデル歩きどころか宙返りだってできる。

鏡の前に立つ。ああ、と吐息が漏れる。パジャマ姿でスナック菓子をやけ食いし、ビールをがぶ飲みしていた羽二重奈々ではない。ゲームのアバター「シスターナナ」をそのまま実体化させたかのような、美しい修道女がそこにいた。

髪を指で梳《す》こうとすると、絹糸《きぬいと》のようにさらさらと指の股《また》から流れ落ちていく。何度かそれを繰り返したが、綺麗に巻いた巻き髪は崩れることなくその形を保っていた。

大胆に露出した太腿《ふともも》、見せつけるような胸元。肉感的でありながら、けっして太っているわけではない、均整のとれた体つき。素晴らしい。これが欲しかった。

「ちょっとちょっと、聞いてるぽん？」

「もちろん……聞いていますよ、ファヴ」

声まで違う。きらきらと透き通っている。

化粧台の上に置いてあった化粧水の瓶《びん》を手に取った。左右に振ったが中身は無い。シスターナナは右手だけで瓶を握り、僅かな力を込めた。分厚いガラス製の瓶が粉々に砕け散り、化粧台の上を汚した。ゆっくりと掌を開くと、美しく滑らかなままで傷一つない。

自分の居場所とは、守り、勝ち取るもの。魔法少女はその手段だ。たとえ雫が卑劣《ひれつ》な手段をとろうとも、魔法少女——シスターナナの力があれば跳ね返してしまうことができる。

◇◇◇

待ちに待った日曜日がやってきた。今日この日をもって亜柊雫という怨敵《おんてき》との因縁に終止符を打つ。前日用意しておいた朝食とデザートのまろやかふわとろクリームプリンを食し、気合いを入れた。気合いであって気負いではない。プレッシャーは感じることなく自然体で動けばそれでいい。魔法少女「シスターナナ」に変身、煌《きら》びやかなコスチュームの上からコートを羽織《はお》って外に出た。

待ち合わせ場所の少女像前まで二駅離れていたが、一時間前に出発すれば悠々《ゆうゆう》歩いて間に合うだろう。シスターナナは歩くという行為を求めていた。マンションから外に出、一歩踏み出すだけでもう視線を感じる。友人と連れ立って自転車を走らせていた小学生は足を止め、リードを握り、犬を先導して走っていた中年ランナーは犬に引きずられていった。先日、雫と隣り合って歩いた時のことを思い出さずにはいられない。今日はナナこそが主役になる日だ。視線を堪能しながらゆっくりと駅までの道のりを楽しみ、少女像前に着く。そこでは既に雫が待っていて、革のブックカバーをつけた文庫本を片手で開いて読んでいた。こういう仕草も絵になるが、今日はこちらも同じだ。

シスターナナには考えがあった。自分は奈々の友人であると話し、奈々は急用があって来ることができなかったと詫びる。そして威圧する。人間では持ち得ない異次元の美ともいうべき魔法少女の美しさを見せつけ「世の中上には上がいるんだぞ亜柊雫」ということを教えてやる。

魔法少女なら勝てる。魔法少女ならやれる。もう悔しい思いをすることはない。なにかを奪われることはない。シスターナナは余裕をもってゆっくりと右手を挙げた。

「おはようございます」

雫は顔を上げ、例の爽やかな笑みを浮かべかけ、すぐに陰りが差した。

「どちら様？」

「羽二重奈々の友人です」

奈々が急な用事で来れなかったこと、大変申し訳なく思っていること、それら予定した内容通りに話して聞かせた。シスターナナは大きな胸を張り、堂々と詫び、頭を下げた。自分は相手と比べて劣っていない、むしろ優れているという思い、今までこびりついていた劣等感が無くなった気持ち良さ、それら全てを纏めて雫に向けた。

雫の顔に差していた翳《かげ》りはシスターナナが話すほどに広がり、深みを増し、話し終える頃には半ば敵対的ともいえる表情を向けていた。いつもの雫ではない。流石にシスターナナの鼓動も早くなるが、負ける要素がないという自信であえて胸を張って見返した。

雫はコートのポケットに手を突っ込み、マフラーに鼻から下を埋めた。普段見ることはない、雑、というか、ぶっきらぼうな仕草に、シスターナナは責められているわけでもないのにどきっとした。

「それじゃ行こう」

それだけいうと背を見せて歩き出し、シスターナナは慌てて追いかけた。行こう、とはどういうことか。どこに行くというのか。

「あ、あの」

「映画、羽二重さんの代わりに付き合ってくれるんだろう?」

そんなことはいっていない。いっていないが、相手はとりつくしまがない態度でスタスタと歩いていく。脚が長いだけに移動速度も速い。シスターナナは早足で追いかけながら考えた。雫はシスターナナの美しさにもビビってはいないのだろうか。

いや違う。怯えてはいないかもしれないが、苛立っている。ただいじめるだけの相手だった羽二重奈々ではない相手に戸惑い、攻撃的な態度を隠していないのだ。間違いなく影響を及ぼしている。勝負はここからだ。

映画館に到着、半券を渡して中に入り、座席に座った。シスターナナは席に座りながらまるで落ち着かなかった。そもそもゾンビ映画は趣味ではない。血が出たり、もっと酷いと内臓が出たりする映画を観てなにが面白いというのだろう。

上映中、案の定出てきた血や内臓に顔を青くし、雫の方をちらちらと見たが、画面から顔を背けることなく仏頂面《ぶっちょうづら》で観ていた。そんなに面白くないなら観なければいいし、そもそも最初から誘わなければいい。ストーリーさえろくに把握できず「怖かった」「よくわからない」「なにが楽しいの」といったネガティブな思いに包まれたまま映画はエンディングを迎え、エンディングテーマは耳を塞ぎたくなるようなガラガラ声のデスメタルで、この映画は徹頭徹尾《てっとうてつび》褒めるべき点がない。これが雫の精神攻撃だというなら成功している。

ナナにとっては信じられないことに、上映が終わった後の客は皆が満足そうで「あれが面白かった」「ここが良かった」ということを友達、家族、恋人と話している。二人以上で来ているのに、なにも話すことなく足早にこの場を後にするのはナナと雫だけだ。

雫はシアタールームを出、つかつかと自販機に近寄った。

「烏龍茶でいい？」

「え、ええ」

缶の烏龍茶を二本買い、一本は自分、一本はシスターナナへ投げるように手渡し、ロビーの隅、自販機の横に設置されているプラスチック椅子にどしんと腰掛けた。

「どうぞ」

促《うなが》され、シスターナナも仕方なくテーブルを挟んで向かいの椅子に座る。缶ジュースは開けず、右手に持ったままだ。冷たさが手を伝わり頭を冷やしてくれている気がする。

「それで……」

「はい」

「羽二重さんとはどんな関係なの？」

表情は陰が差したままだった。シスターナナはゾンビ映画によって精神的なダメージを受けていたが、あえて背筋を伸ばした。

「お友達、とお話ししたと思いますが」

「友達？　本当に？　私にはそれが信じられない」

「なぜですか」

「言葉で言い表すことは難しい。ただわかるんだ。家族でもない、友達でもない、なのに繋がりが深く、濃い。感じるんだ。伝わってくるんだ」

雫の鋭さに内心気圧《けお》され、それでも認めるわけにはいかなかった。魔法少女の正体が知られれば資格を剥奪されるという説明はよく覚えている。今の羽二重奈々にとって魔法少女とは全ての希望、救いの糸だ。自ら断つわけにはいかない。

「なんのことをおっしゃっているのか……」

「とぼけるのか」

「とぼけるだなんて」

雫はテーブルの上に小さなケースをとん、と置いた。

「これは羽二重さんが来た時渡すつもりだったものだ」

シスターナナは息を呑んだ。ケースを開くと可愛らしいデザインの指輪が顔を出した。

「これを……羽二重さんに……なぜ？」

「正式に交際を申し込むつもりだった」

「はっ？」という声と共に右手の烏龍茶が破裂した。シスターナナの握力に耐えられず、中身をぶちまけ掌の内側に握りこまれてしまっていた。

「すごい握力だ。脅しというわけか」

「えっ、ちょ、ちょっと待って。別に脅しているわけでは」

「たとえ君が何者であっても私は負けるつもりなんてない」

「えっ、えっ」

「それだけは覚えておけ」

雫は椅子を蹴るように立ち上がり、シスターナナもつられるように立ち、去ろうとするその背中に手を伸ばし、しかし手は届かず、それでもどうにか声をかけた。

「なんで……どうして！」

「彼女の笑顔を守りたい。そう思った」

振り返ろうともしない雫に、シスターナナはさらに言い募《つの》った。

「女同士ですよ！」

雫は足を止め、振り返った。その表情は驚くほど落ち着いていた。

「愛の前では些細《ささい》な問題だ」

吐き捨てるようでもあり、諭《さと》すようでもあり、ただ呟《つぶや》いたようでもあった。雫は踵《きびす》を返し、人の中へ靴音を鳴らして去っていき、シスターナナは椅子の上に崩れ落ちた。

「恥ずかしいことをいうやつだ」「なにいってるんだあいつは」「あんなやつ好きになれるわけがない」無数の言葉が頭に浮かび、どれも自分の感情にならずに、泡のようにすぐに消えていく。椅子から立ち上がろうとすることもできない。なにをいわれた。どうなった。わからない。混乱した頭の中で先程の言葉がぐるぐると回っている。シスターナナは、ただ「ああ」と息を吐いた。

アニメ化の条件

『魔法少女育成計画』の舞台となる町に
魔法少女が16人揃った直後くらいのお話です。

Anime ネタバレメーター

6

アニメ**第6話**を観てから読むとちょうどいいぽん！

初出:「このマンガがすごい！WEB」内
「月刊魔法少女育成計画」

◇パレット

パレットの朝は早い。魔法少女付きでなければ早起きする必要もないのだが、たとえ立場が変わっても染《し》みついてしまった習慣は中々変えられない。

深夜まで働く。その後、最低限の睡眠を「こなし」て、早朝から活動を再開する。単にスケジュールが詰まっているからという理由ではない。パレットが専属マスコットキャラクターとして広報部門に配属される前、人事《じんじ》での研修中に先輩から教わったやり方だ。

魔法少女は並の人間より遥《はる》かに強い。特にマスコットキャラクター付きともなれば、それだけ「魔法の国」から目をかけられている証拠ともいえる。

だが彼女達も生まれた時から魔法少女だったわけではない。人間として生まれ、人間として育ち、ほんのちょっとしたきっかけと幸運によって魔法少女になることができたのだ。あくまでも元々はただの人。どれだけ魔法少女の才能を有していたとしても、ほんの少し心に魔が差せばとんでもない事件をやらかしたり、不注意から事故を引き起こしてしまったりということもある。

そんな魔法少女達の規範《きはん》になるべく、マスコットキャラクターは規則正しい生活を送らなければならない。マスコットキャラクターがだらしなければ、それは魔法少女にも波及し、後の事件や事故につながる。マスコットキャラクターがしっかりしていれば、魔法少女はそれを見習い、気を引き締めて魔法少女活動にあたり、事件も事故も起こさない一人前の魔法少女になる。才能豊かな魔法少女が立派に育ってくれれば、彼女だけでなく、その才能によって千人、一万人、十万人、もっとたくさんの人が笑顔になる。

先輩の教えは今でもパレットの中に息づいていた。魔法少女を愛し、魔法少女のために生きるからこそ、魔法少女を盲信《もうしん》はしない。ただ無条件で信じるということは信頼ではなく、ただの怠慢《たいまん》だ。マスコットキャラクターと魔法少女の関係はなあなあのいい加減なものではいけない。お互いに刺激し合い、お互いに教え合い、お互いを高め合う、そんな間柄こそが理想であると思っている。パレットはもう魔法少女付きではなかったが、いつまた魔法少女付きになっていいよう準備は怠《おこた》らない。だからこそ早起きをする。

薄く差した朝日を目指して自販機の下からはいずり出た。この季節、野宿するにも暖かさが必要だ。誰がおらずとも稼働している機械は常時熱を放出していて寝床に丁度いい。

二本足で立ち上がり、ぐっと背を反《そ》らせた。夜に来た時は薄汚れて街灯も切れかけた怪しい児童公園だったのに、朝日の下では郷愁《きょうしゅう》だけではなく神々《こうごう》しささえ覚える。

パレットは鼻を鳴らして匂いを確認した。流行《はや》りの電脳妖精ほど事務能力に優れてはいないが、小動物タイプのマスコットキャラクターには野生動物由来の鋭敏《えいびん》な感覚と優れた身体能力がある。匂いを嗅《か》げば周囲に人間がいないことを確認できる。

マスコットキャラクター用の小型リュックサックから地図を取り出して広げた。このペースでいけば目的地であるN市に到着するのは今日の夕方くらいになるだろう。魔法の転移装置を使えば瞬《まばた》き一つする間に着くし、そこまでしなくとも誰か一人魔法少女のポータ一を頼んで荷物の中で大人しくしていれば公共の交通機関を使うこともできる。だが、今回はパレットが一匹だけでN市に潜入しなければならない。お忍び、抜き打ち、とまで大袈裟《おおげさ》な話ではなかったが、大々的に宣言してN市に入れば魔法少女試験の邪魔になる。

森の音楽家クラムベリー。数多くの一流魔法少女を見出《みいだ》してきた人事部門の優秀なスカウト魔法少女。彼女が採用した魔法少女の中には、かつてパレットがマスコットキャラクターを務めた魔法少女「マジカルデイジー」もいた。

マジカルデイジーはパレットにとって青春だった。もう一度、彼女のような魔法少女と一緒に仕事をしたい。番組終了後もそんな思いを胸に秘めて広報部門で勤め続けてきたが、彼女のような素晴らしい魔法少女に出会うことはついぞなかった。

パレットが裏方に回ってからの広報部門は、魔法少女ありきではなく番組ありきだ。本来なら世に示すべき魔法少女がいるからこそアニメとして発表される、という形であるべきだが、今、そんなことをいっていてはアニメなんて作れない。視聴者受けの良い派手なアクションシーンを増やしたいから見栄《みば》えの良い戦闘向けの魔法を使う魔法少女を探してくる、という本末転倒《ほんまつてんとう》な作り方が横行《おうこう》している。パレットが苦言を呈《てい》したところで「ロートルのマスコットキャラクターが昔を懐かしんでいる」くらいにしか思われないだろう。

それどころか、景気が悪くなってからは「新番組のために新しい魔法少女を探す」なんてことさえ難しい。そもそも新しい魔法少女アニメを放映するまでの労苦が今までの比ではないのだ。一度人気が出ればシリーズは延々と引き延ばされ、たまに新番組が始まると思ったら人気作の後追い企画だったりで新鮮味がない。スタークィーンファーストシーズンが放映されて後、「異世界からやってきた侵略者と派手なアクションで戦う魔法少女アニメ」が何作生まれたことだろう。

パレットは小さな手を握り締めた。ファンタジーでメルヘンな魔法少女であっても現代社会においては資本主義から逃れることができない。自分の好みだけでアニメを作ることができると思っているほど傲慢《ごうまん》でもない。

だが魔法少女アニメとはもっと多様性があったのではなかったか。かつては王道邪道横《おうどうじゃどうよこ》道脇道《みちわきみち》様々な魔法少女アニメが放映され、それぞれにファンがついていた。パレットがよくいく魔法少女ファンサイトでもそういったファンの声はけっして小さくない。そういう人達が求めるアニメを作ろうとするのはけっして悪いことではないはずだ。

パレットがマスコットキャラクターとして出演していたアニメ「マジカルデイジー」にしても当時は邪道だと叩かれることもあった。リアルな反社会的団体と対決する路線がPTAからやり玉にあげられることだってあった。だが、それでも、マジカルデイジーというアニメ、マジカルデイジーという少女を、愛してくれた人は多かった。

かつてマジカルデイジーを見出した森の音楽家クラムベリーの魔法少女試験にならなら、未来のスターがいるかもしれない。正確にはまだ魔法少女にもなっていない子達だが、プロ野球のスカウトが高校野球で青田買いをするようなものだ。

パレットはスケジュール帳を仕舞い、リュックサックを背負って駆け出した。できれば昼の内には到着して情報収集しておきたいところだ。気付けばマジカルデイジーのオープニングテーマ「ハローデイジー」を口ずさんでいた。

◇ファヴ

ファヴの朝は遅い。

魔法少女という怠惰《たいだ》で享楽《きょうらく》的な生き物が動き出すのはどれだけ早くても陽が落ちてからなのだから、それに付き合うマスコットキャラクターが早朝から働く必要などないのだ。電脳妖精は睡眠を必要としないが、連続稼働推奨《かどうすいしょう》時間が定められている。休息はした方がいい。N市魔法少女まとめサイトをだらだら閲覧《えつらん》したり、掲示板で純真《じゅんしん》無垢《むく》な低年齢ファンを煽《あお》ったり、魔法少女とは全く関係ないニュースサイトや個人ブログでだらだらしたり、コメント欄で記事や閲覧者を馬鹿にしたり、のんびりゆっくりと自分の楽しみのために自由な時間を過ごす。

しかしその日はのんびりゆっくりというわけにはいかなかった。

「大変ぽんクラムベリー！」

「どうしました、そんなに慌《あわ》てて」

ファヴの立体映像は所々に砂嵐のようなものが走り、合成音声もノイズが混じっている。安全な高みから殺し合いを見物することを好む電脳妖精が余裕を崩すことは滅多にない。

「外部協力者から連絡が入ったぽん。現在、広報部門所属のマスコットキャラクター『パレット』がこのN市に向かっているとのことぽん」

「広報部門？」

クラムベリーが形良い眉《まゆ》を僅かに顰《ひそ》めた。

「監査ではなく？」

「数日前に行われたマスコットキャラクター親睦会《しんぼくかい》でのことぽん」

「ほう、世の中にはそんな集まりが」

「別になんてことのないおしゃべりするようなつまんない集まりぽん。そこでパレットがえらく興奮して捲《まく》し立てていたという話を教えてもらったぽん」

「教えてもらった？　ファヴはその場にいなかったんですか？」

「電脳妖精タイプに仕事をとられた使えない連中が愚痴《ぐち》をこぼし合う集まりにどうして電脳妖精代表ともいうべきファヴが招待されると思うぽん？」

「使えない連中とかいってしまえる性格だから呼ばれなかったんじゃないですか?」

「そんなことはどうでもいいぽん。問題はパレットぽん。あいつ、親睦会の席で『休暇を利用してクラムベリーの試験会場へ行く』と宣言したそうだぽん」

「はあ?　どうしてまた」

「昨今の魔法少女アニメがいかに気に入らないかを切々《せつせつ》と語ったそうだぽん。かつてマジカルデイジーを輩出したクラムベリーが開催している試験になら後のスターがいるに違いないと吹いていたそうだぽん」

「私がどこで試験をしているか、など、広報部門のマスコットキャラクターが知ることはできないでしょう?」

「パレットはキャリアが長いぽん。それだけ付き合いのある魔法少女や魔法使いが多いぽん。コネを尽くして人事の方に手を回されるとN市で試験をやっているということを知られてしまうぽん。それでパレットがこっちに来て下手に嗅ぎ回られたら……」

クラムベリーは大いに眉を顰めてみせた。

「いよいよ始まろうという時に迷惑な……」

「本当ぽん。十六人目も決まったし、あとは号令するだけでってところまで準備してからこれじゃ救われないぽん。ファヴ達は誰の迷惑にもならないようひっそりと殺し合いを開催したいだけなのに、馬鹿な獣が余計なことを」

「始末する、というわけにはいきませんか」

「他人の目と耳がある場所で大々的に『クラムベリーの試験会場へ行く』と宣言したわけだからぽん。やつが失踪《しっそう》した時疑いがかかるのはクラムベリーってことになっちゃうぽん」

「今回の試験はいつにもまして才能豊かな魔法少女が多数集まっています」

クラムベリーは膝《ひざ》を手で打ちベッドから立ち上がった。スプリングが軋《きし》み、埃《ほこり》が飛んだ。

「邪魔はさせません。中止もしません。温《ぬる》い試験にするつもりもありません」

「じゃあどうするぽん？」

顰めていた眉を柔らかく開き、クラムベリーは微笑んだ。

「ファヴが考えてください。あなたはこういう時のためにいるんでしょう？」

◇パレット

ソーシャルゲームを使って人を集める、というやり方は今までにない。パレットほどではないにしても、クラムベリーは相当なベテランだ。ベテランであっても新しい方法を思いつき、採用する。しなやかさと柔軟さが見える。彼女のマスコットキャラクターは電脳妖精と聞くから、そこから提案があったのかもしれない。

橋を渡り「ここから先はN市」の青看板を見た時にはもう夕時《ゆうどき》だった。それから人気《ひとけ》のない路地裏でN市の魔法少女まとめサイトをチェックし、学校の大時計を見上げると午後七時を指していた。パレットは「魔法少女が特に目撃される」と噂の大きな通りに出て駐車していたタクシーの下に潜《もぐ》りこんだ。

パレットは獣の身体能力だけでなく獣の嗅覚《きゅうかく》も持っている。ついでに獣の体臭も備えているため「獣臭い」と嫌われることもあったが、今は関係ない。

魔法少女の匂いを探るべく車の下で鼻を鳴らしていると人の声が聞こえた。

「さっきのガンマンっぽい女の子って魔法少女じゃない？」

「カラオケの前にいた子？　そういえばまとめサイトにもそんな話あったっけ。でもさ、お前マジで魔法少女いるとか思ってるわけじゃねえだろ？　コスプレだよ、コスプレ」

なんというタイミングの良さだろうか。

車の後部から前部へと抜け、車道に出て走っている車の下に潜り、角を曲がってカラオケ店の前に出る。匂いを嗅ぎ、周囲を確認しつつ、人目を避けて匂いの元へ近づいていく。徐々に濃くなる匂いに小さな心臓が高鳴り、興奮が身体の中に溢《あふ》れ――

――いた！

テンガロンハットの少女だ。黒塗りフルスモークのセダンが数台止まっている前で、反社会的な集団に属していることを全く隠していない服装や髪形の男達に囲まれている。

西部開拓時代のガンマンをモチーフとし、それでいて扇情的《せんじょうてき》なコスチューム。淡いブロンドがネオンの輝きを受けていた。俗っぽい場所で艶《つや》っぽい表情、派手なカラーシャツや金のチェーンを身に着けたごつくいかつい男達に囲まれていて、なのに美しい。

おお、と思った。アニメマジカルデイジーでも散々に物議を醸《かも》したリアルな反社会的団体と対決している構図だ。

今の世にもそういう魔法少女がいるのだなあ、と感心して眺《なが》めた。当時に思いを馳《は》せ、あの魔法少女ならマジカルデイジーの再来、リアルかつ暴力的な組織との戦いも描けるのではと妄想の世界へ走りかけ、気付いた。雰囲気が妙だ。

いつまで経っても戦いが始まる様子はない。周囲の市民達は恐ろし気なものを見る目を向けて通り過ぎるだけ、男達はがなり、騒ぎ、周囲の目をまるで気にしないアウトローそのもののようだ。少女は隣の男の肩を叩いて何事かを話し、それを受けて周囲がどっと沸《わ》いた。少女も、男達も、皆、笑っている。

マジカルデイジーのように敵対しているのではない。あれは、知り合い、仲間だ。だが、純粋な仲間というわけでもない。パレット自慢の鼻は小さく尖《とが》り、痛みを伴う「怯《おび》え」の匂いを嗅ぎとっていた。怯えているのは魔法少女の周囲に詰めた男達だ。

テンガロンハットの少女は、差し出されたごつい手からスキットルを取って機嫌良く傾けた。男の一人が心配そうな表情でなにかを口にしたが、それを鼻で笑い、右手を挙げ、それに合わせて周囲が楽しそうに笑った。見かけ上は楽しそうに笑っていても緊張感が張りつめている。暴力を商売にしている屈強な男達が、どんなきっかけでいつ爆発するかわからない爆弾を投げ合っているかのようだ。

マジカルデイジーもその筋の人間から恐れられていたが、あれとは違う。パレットは背筋から尻尾の先までを震わせた。魔法少女のあるべき姿どころの話ではない。

反社会的な一団はビルの中へ消えていき、パレットは溜めていた息を吐いた。

森の音楽家クラムベリーほどの魔法少女がどうしてあれを放置しているのかと憤《いきどお》り、そういえばまだ候補生でしかなかったと思い直し、当然落とされるのだろうと納得した。

歓楽街にも酔客《すいきゃく》が増えてくる時間帯に差しかかった。

「シスターっぽい格好の人がいたけど、この辺に教会なんて無いよな」

「あれ、噂の魔法少女だったんじゃないか」

「まっさかあ」

という通行人の会話を聞き、パレットは再び走った。

魔法少女の匂いを辿《たど》り、廃業したスーパーに入る。顔を出した鼠《ねずみ》を威嚇《いかく》して追い散らし、パレットは耳を澄ませ鼻を鳴らし全身の神経を嗅覚と聴覚に集中させた。

声が聞こえる。匂いも濃くなっている。少女の声、少女の匂いだ。一人のものではない。二人分が混ざり合っている。

気配を殺して僅《わず》かずつ進み――

――見つけたっ！

優しげで儚《はかな》げでそれでいて背徳的な色気も感じさせるシスター。それに、限りなく一般人寄りのコート姿で無造作《むぞうさ》な立ち姿ながら魔法少女特有の美しさが匂い立つ短髪の少女。

二人の魔法少女が隣り合い囁き合っていた。陰からこっそり見守るパレットの存在など知るよしもなく、楽しげに盛り上がっている。その様子は見ているだけでも幸せであることが伝わってきて、ガンマン風の魔法少女によって緊張していたパレットの心を和《なご》ませてくれた。

心優しい聖女と彼女を守る友人。美しい少女二人の友情。この二人なら少し陳腐《ちんぷ》に思えるくらいにハートフルな友情ストーリーがしっくりきそうだ。ひよこちゃんとみよちゃん、リッカーベルとティミー、キューティーアルタイルとキューティーベガ、マジカルデイジーとみなこちゃん。古今《ここん》、魔法少女アニメには友情こそが必要不可欠な要素だ。

途中、障害によって二人の関係にヒビが入りかけ、その後、誤解が解けて友情はより強い絆となって、二人は固く結びつく。パレットは頭の中でプロットを練り、二人の魔法少女は想像の中で動き回った。

それから五分。

二人は手をつなぎ身体を寄せて囁き合っている。少し、年齢層は高めに考えるべきかもしれない。日曜朝としてはちょっと距離が近過ぎる。ソフト百合《ゆり》寄りの友情。これか。

それから十分。

二人はまだくっついている。朝でなければ良いというものではなさそうだ。大きなお友達向けというのが妥当《だとう》ではないか。深夜アニメ、これでいこう。

それから二十分。

パレットはガンマンの魔法少女に加え、シスターとコートの二人をリストから削った。

——この二人は……ちょっと、なんというか、ダメだ……。

仲が良いことは素晴らしいと思って見ていたが、彼女達の様子を見守るうち仲が良いというだけのことではないということがわかった。有体《ありてい》にいっていちゃついていた。唇を寄せたり頬を指で撫《な》でたりといった仕草は良い子の魔法少女として相応《ふさわ》しいものではない。さらにそれ以上先へ行こうとしている気配を感じ、パレットは廃スーパーを後にした。十八禁ＯＶＡはパレットの担当外だ。

深夜の廃スーパーを後にし、さて次はというところで人の声が聞こえた。

「商店街にいたロボット、あれ着ぐるみかなにかか？」

「魔法少女じゃね？」

「魔法少女とロボは違うだろ」

ロボット。魔法少女であり、ロボットというのはなかなか目新しいかもしれない。パレットは商店街へと走った。放置自転車の陰に身を置き、暗い夜道を進む。夜道の先には小さな光源があり、それは動いていて――

――あれだ！

シャッターが閉まって人通りも少ない深夜の商店街に、それはいた。本当にロボットだ。怪物や動物のような見た目をしている魔法少女は数多くとも、ロボットにしか見えない魔法少女とは珍しい。

ロボットが主役の魔法少女アニメ。前例はないが、上手く作れば、従来の魔法少女愛好者だけでなく、ロボット物のマニアを取りこみ新たなファン層を開拓できるかもしれない。魔法と科学の対決、魔法と科学の融合、その辺のテーマは珍しくもなかったし、機械の力を取り入れたサイボーグ的な魔法少女もいなくはなかったが、ここまでガチガチにロボット然とした魔法少女はいなかった。魔法少女アニメ界に新しいジャンルを生み出す、というのはパレットにとっても目指すべきところ。想像するだけで胸が躍《おど》る。

ランドセル型ブースター、ウイング、全体の質感はプラスチック。ロボットにしか見えない。そんな魔法少女の目が、光った！

――眩《まぶ》しい……！

パレットは前脚で光を遮《さえぎ》りながらロボットを見た。

ロボットは目から発した光で自販機の下を照らしている。しゃがみこみ「おおっ」と機械的だがなんとなく人間的でもある嬉しそうな声をあげ、金属を指先で摘《つ》まみ上げた。

百円玉だ。そう、ロボットはサーチライトで小銭を探していたのだ。

がっくりと肩を落とし、パレットは即回れ右で歓楽街の方へと戻った。

ああいったせせこましい姿に親しみを覚える、という人はきっと少数派だ。ロボットであり魔法少女でもあるという恵まれた設定を小銭拾いに活《い》かす主人公がいたとして、そんな主人公がちびっ子達の声援を受けたりするとは思えない。


日をまたいで歓楽街に戻ったパレットは耳を澄ませた。この町ではなにより魔法少女が人々の話題に上っているらしい。

「坂の上の廃寺さ、魔法少女が集まってるって噂あるの知ってる？　今度肝試《きもだめ》し行かね？」

「いや、幽霊じゃないんだからさ。寺に魔法少女ってどうよ」

坂を駆け上がり、今にも崩れ落ちそうな門を潜《くぐ》って軒下《のきした》から潜入した。確かにこのシチュエーションは魔法少女よりも幽霊が相応しくはある、かもしれない。魔法少女を探すドキドキ感だけでなく、ちょっとした恐怖も覚えながらパレットは煤《すす》けた寺の中を進んだ。埃の上に足跡がある。誰かがいる。仄《ほの》かな明かりが灯《とも》っていた。中を覗《のぞ》くと——

——いたあっ！　しかもいっぱいいる！

魔法少女が全部で五人もいる。

最初に目についたのは、巨乳に白いスクール水着の魔法少女。ビジュアル的にフェティシズムが過ぎ、朝の時間帯には向いていない。それに、なぜか床に正座したまま微動だにしていないところも不気味だ。

「あんた、なんでそんなに覚えが悪いの！」

そしてお姫様風魔法少女。こちらはあまりにも態度が大きく、なにがあるわけでもないのに薄い胸を聳《そび》やかしている。

——ふむ……。

パレットは柱の陰から回りこみ、じっ……と正面から彼女を見た。さらに目を眇《すが》め、集中し、些細《ささい》な動きから読み取れるものはないか注視した。が、途中で別の魔法少女の頭が視界を遮《さえぎ》った。犬耳を生やした魔法少女が勢い良く頭を下げたのだ。

「ごめんなさい……」

犬耳の魔法少女は、頭を下げたきり小さくなって項垂《うなだ》れている。耳も一緒に垂れている。魔法少女というものは変身すれば元が常人であってもふてぶてしくなるものなのに、犬耳の少女は可哀想なくらい身を縮めている。

「庭に穴掘ったら危ないっていってるでしょう!」

「でも庭の土が一番掘りやすいから……」

「そういうことをいっているんじゃない!」

弱気過ぎるのは主人公としてあまりよろしくない。

パレットは柱から仏像の陰に回り、仏像の肩から残る二人の魔法少女を見下ろした。見た目そっくりな二人の天使だ。これはかなり評価できる。

古来、数多の芸術家が天使をモチーフに素晴らしい作品を生み出してきた。天使という存在が人々に語られるようになった太古の昔からその人気が衰《おとろ》えたことはない。しかも一人ではない。二人いる。一粒で二度美味しい双子の天使。どんなストーリーでも作れてしまいそうだ。

パレットは双子の声に耳を澄ませた。

「よしよし。新しくアカウントとったよ」

「じゃあこっちで呟《つぶや》くからそっちでフォローよろしく」

——アカウント? フォロー?

「もう自作自演とはいわれないね。お姉ちゃんマジクール」

——まさか、ひょっとして……。

「双子の天使の目撃情報山盛りにしちゃおう」

——それは……それは……それは駄目だ……！

黴《かび》臭さと切なさで胸をいっぱいにし、パレットは廃寺を後にした。

魔法少女にとってSNSは巨大な地雷となり得る。あんな使い方をしているようではいつか地雷を踏む、というならまだマシな方で、ひょっとしたら既に地雷を踏んだ後かもしれない。アニメが放映されてから過去に踏んだ地雷が爆発しましたということになれば、関係者数人くらいの首が飛ぶ。そこにはパレットも含まれているだろう。

草木も眠る丑三《うしみ》つ時。寺から出てしばし闇の中を走り、民家の明かりが見えてきたところで話し声が聞こえた。

「工場の方で魔法少女を見た人がいるんだってさ」

「工場ねえ」

「木挽町《こびきちょう》の潰《つぶ》れた工場だよ」

「社長一家が夜逃げしたとこだったたっけか」

リュックサックから魔法の端末を取り出し、木挽町の位置を確認、該当工場がどこにあるかを確かめてパレットは再び走った。それにしてもこの町は魔法少女を探す者に対してとても優しく温かい。こんな夜更けでも魔法少女の噂話に興じる者がいる。

工場に到着したパレットは濃厚な魔法少女の臭気を嗅ぎ取った。鼻を鳴らし、匂いを探る。板を張り釘を打ちつけた封印の下を潜り、割れた窓から入ると、月明かりに照らされている魔法少女が一人。魔法少女には月明かりが似合うとは先人の残した言葉だったが、目の前の魔法少女は殊《こと》に似合う。

――おお……これは……。

白と黒のみで作り出した不思議の国のアリスという地味だが印象に残るコスチュームと病人のような肌の色、それに目の下のクマがイメージを加速させる。色物かもしれないが、これくらいインパクトがある方が記憶に残る。

黒いアリスは右手にナイフを握っていた。アリスとナイフという組み合わせに首を捻《ひね》るよりも早く、アリスは自分の掌《てのひら》をぎぃとナイフで引きかいた。パレットは声を漏らしかけ、慌てて両手で口を塞《ふさ》いだ。アリスの掌から血が零《こぼ》れ、すぐに止まった。アリスは手元のメモ帳に何事かを書き綴《つづ》り、今度はナイフで手首を切った。中々切れず、ガンガンと打ちつけ、ナイフが折れ、同時に噴水のように血が噴き出し、すぐに止まり、アリスはまた何事かを書き綴る。

「これでも大丈夫……」

小さく呟き、折れたナイフを脇に置いた。立ち上がり、両手を壁につき、身体を反らし、勢い良く頭を壁に打ちつけた。廃工場全体が揺れた。さらにもう一発。壁にヒビが入り、砕け、欠片《かけら》が飛び、鉄骨が軋んでいる。このままでは崩壊する。パレットは悲鳴をあげた。

「誰？」

アリスが振り返った。額《ひたい》の傷から血が、それにもっと濃いなにかがだらだらと垂れ落ち、白い顔を縦断して汚していた。

パレットは後ろを向いて走り出した。

◇ファヴ

「作戦は成功ぽん」

「やりましたね」

埃の舞う廃屋《はいおく》の中、マスコットキャラクターと魔法少女は作戦の成功を静かに祝った。

ファヴがまとめサイトを一時的にクラックし、スノーホワイトやラ・ピュセル、リップル、トップスピードといった魔法少女の情報をシャットアウト。その上で索敵機能《さくてききのう》でパレットの居場所を正確に割り出し、クラムベリーが魔法で一般人の噂話を装《よそお》った音を発生させて誘導する。誘導先は「アニメに向いていない魔法少女がいる場所」だ。

「ファヴも良い作戦を立てるじゃないですか」

「メアリやナナくらいならともかく、流石《さすが》にアリスはびっくりしたと思うぽん」

「彼女、まだ自分の魔法が掴《つか》めず色々と試しているそうですからね」

「ふーむ。じゃあ試験はもうちょっと遅らせるぽん」

「いや、また邪魔が入らないとは限りません。アリスは途中参戦ということにして、さっさと開始してしまいましょう」

◇パレット

トラックの荷台に無賃乗車しN市から出た。

身体も疲れ、心も疲れ、それでいて得る物はなにも無かった。張り詰めるばかりだった気を弛《ゆる》め、パレットは野菜に囲まれながら転寝《うたたね》をし、魔法少女の夢を見た。

「夢の中でまで魔法少女か……僕もよくよくワーカーホリックだなあ」

「そんなことはいいからさ、この子ならアニメいける！　って魔法少女はいなかったの？」

パジャマの魔法少女が興味津々という表情で迫ってきたが、パレットは疲れた顔で魔法少女の額を押し戻した。

「ニッチ向けが過ぎたり、全年齢対象じゃなかったり……」

「良い子もいっぱいいるんだけどなあ」

「性格が良いだけじゃアニメにはならないんだよ」

「厳しいもんだねえ」

「そうだねえ……強《し》いていうなら」

「強いていうなら？」

「ううん、いいや。勘でアニメ化しようったって上手くいくわけないもの」

「ええー、誰？　教えなよー」

絡《から》んでくるパジャマの魔法少女をあしらいながら、パレットはN市で合った魔法少女のことを思った。見た時に「おっ」と思った。後から考えてみれば「匂い」があった。皆に語られる魔法少女が共通して持つ「匂い」だ。

「ひょっとしたら……」

「ひょっとしたら？」

「あの子、物凄い大物になるかもしれない。後々まで語り継がれる伝説の魔法少女に」

「伝説！　わあ、すごいねえ」

だが、あくまでもパレットの勘だ。勘だけどこの子は大成すると思います、と紹介しても「じゃあアニメにしましょうか」とはならないだろう。

「で？　その魔法少女って？　白い魔法少女だったりする？　それとも忍者？」

「それは……いえないよ。だって勘だもの」

「なにさ、意地悪ぅ」

「でもね。もしも……もしも彼女がクラムベリーの試験を通ったら、その時は、もう一度僕はN市に来るかもしれない。できることならもう来たくないけど……」

特にどうということのない平凡な魔法少女に見えた。なのに、離れれば離れるほど、パレットは彼女のことを考えている。彼女の偉業を皆が讃《たた》えている、そんな未来が見えるような気さえするのだ。

魔法少女「ルーラ」のことを想いながら、パレットはより深い眠りへと沈んでいった。

GUNS OR ROSES?

『魔法少女育成計画』の舞台となる町に
まだ魔法少女が少なかった頃のお話です。

Anime ネタバレメーター

6

アニメ**第6話**を観てから読むとちょうどいいぽん！

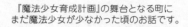

本書のための書き下ろしです。

昔ながらの魔法少女採用試験というものは、試験官の裁量《さいりょう》に依《よ》る部分が非常に大きく、募集区域の中にいる才能有る人材を採り損ねてしまうことが少なからずあった。たとえば少女の集まる学校で重点的に有資格者を探したとして、見つかるのは学校に通う者だけだ。家で引き籠《こも》っていたり、病院に入院していたり、学校に通わず働いていたりすると網《あみ》から零《こぼ》れてしまう。かといって試験官とマスコットキャラクターだけで募集区域内の全てを網《もう》羅《ら》することができるわけはないため、ある程度の漏れは仕方ないと割り切り、より多く少女が集まる場所のみをターゲットとする。

今まではそうするしかなかった。しかしこれからは違う。

ソーシャルゲーム「魔法少女育成計画」を利用した採用試験なら採り損ないは大幅に減る。やりくりに四苦八苦する専業主婦だろうと、売れっ子漫画家だろうと、居候《いそうろう》弁護士だろうと、人間国宝の指定を受けた漆塗りの職人だろうと、ゲームをプレイすることができる環境、それと魔法の才能があれば、魔法少女になることができる――かもしれない。

今までの試験が一本釣りだとすれば、この試験は底引き網になる。より多くの参加者、より大きな才能、より強力な魔法少女を生み出すことになるだろう。

と、マスコットキャラクターのファヴはこの試験形式の素晴らしさを朗々《ろうろう》と説明したのだが、森の音楽家クラムベリーは面白くもなさそうに魔法の端末の画面を指差した。

「そこまで信頼できるものなのですか？」

「おっと、テクノロジーが信用できないタイプぽん？」

「試験官が直接人間を見て選ぶのと、ゲームが範囲内の人間全てを拾い上げるのとでは自ずと選ばれる人間のタイプが違ってくるのではないかと心配しているのです」

「ご心配は無用ぽん。そもそも新しいテクノロジーを拒否していたら、クラムベリーの隣に最新鋭の電脳妖精様であるファヴがいることもなかったわけだしぽん」

クラムベリーは目を瞑《つぶ》り、黙って肩を竦《すく》めてみせた。ファヴは先程とは逆方向に宙返りし、金色のリンプンが飛散し、大気に溶ける前に羽で打ち払ってかき消した。

「別にファヴがどうこうとはいいませんがね」

「新機能はそれ以外にもあるぽん。たとえば、この新型端末があればマスター権限で受験生の生殺与奪を握ることができるぽん。なにがあっても安心安全に事を運べるわけぽん」

クラムベリーは苦々しげに眉根を寄せて「くだらない」と吐き捨てた。

「そういうことこそ機械に任せず私が直接やりたいのです」

「なら頑張るぽん。試験はもう動き出しているぽん。いつまでもそんな気の無い様子じゃ困るぽん。網に引っ掛かってる候補生は、質、量ともに通常の試験を上回っているぽん」

クラムベリーは言葉を返すことなく魔法の端末に背を向け、窓際に立ち、桟に手をのせ外を見た。風が吹き込み、破れたカーテンが揺れ、カーテンレールがギシギシと軋んだ。

「質、量ともに通常の試験を上回っている。そういいましたね」

「そうだけど、なにか問題あるぽん？」

クラムベリーは右手中指で、とん、とん、と額を叩き、わざとらしい溜息を吐いた。ファヴの立体映像にまで届きそうな長い溜息の後、聞かせるように独りごちた。

「質が高い？　あれで？」

◇◇◇

クラムベリーは変身前のプロフィールなど鼻紙にもできないくらいにしか考えておらず、受験生においても重視していないどころか完全に無視している。ファヴが資料として用意しようと目を通すことはない。クラムベリーにとっては魔法少女という結果こそが重要であり、そこに至るまでの人間生活という過程は不純物でしかない。

ファヴは違う。

人の生には歴史があり、歴史には重みがある。一見すると平凡でも、ありきたりでも、ともすればテンプレートかなにかのように見えても、代わりはきかない。どんなにつまらない一生でも、それは世界であり、死とは世界の終わりだ。だからこそ人は不本意な死を恐れ、逃れようとする。

モンスターAが現れて勇者に倒されました、それのなにが面白いというのか。モンスターAの名前、家族、経歴、性格、趣味、考え方、主義主張、イデオロギー、それら全てを把握し、モンスターA本人と大差ないくらいモンスターAのことを知り、モンスターAが名無しのモブではなくなり、その上で勇者に殺されるから楽しい見世物になるのだ。

そういう意味でも人間時のプロフィールは大切で、プロジェクト「魔法少女育成計画」一人目の魔法少女「カラミティ・メアリ」の他にはない独自性は評価すべき点だった。ちょっと粉をかけるだけですぐ熱くなり、自分は英雄だと勘違いして死んでいく思春期の餓《が》鬼《き》には少しばかり飽きがきていた。

三十代後半、娘への暴力、アルコール依存、夫と娘に捨てられうらぶれた一人暮らし。つまらない試験官ならプロフィールだけで資格なしの判子を押すかもしれない。こういった変わり種が殺される瞬間に浮かべる顔、というのはちょっと想像できない。諦めるのか、足掻《あが》くのか、命乞《いのちご》いするのか、それともなにか大人の知恵というやつで窮地《きゅうち》を脱したりするのか。会う前から彼女の最期を楽しみにし、ファヴはカラミティ・メアリ——山《やま》元奈緒子《もとなおこ》の元へ向かった。

「おめでとうございますぽん。あなたは魔法少女に選ばれましたぽん」

ファヴの手によって既に変身していたメアリは、立体映像のファヴを見、その声を聞き、特に反応することなく画面をタップし、クエストを終了させた。ファヴは部屋の中を見回した。雑誌や通販のダンボール箱が散らかり、パンパンに詰まったゴミ袋が放置されている。折れたビニール傘、横に倒れた三輪車が転がり、ダイニングキッチンのテーブル、床を問わず、所狭《ところせま》しと酒の空き瓶《びん》が並んでいた。

今までにない種類の部屋だった。ファヴは今までにないという部分に満足し、メアリの反応を待った。メアリはクエスト終了からショップに向かい、クエストで手に入ったキャンディーを支払って武器の修理を選択していた。さらに武器の強化、魔法パックの購入を選択、残キャンディー数をチェックして小さく「クソ」と呟き、恐らくは報酬の良い時間限定クエストに参加するためショップから直接案内所に向かい——

「ちょっと、なにスルーしてるぽん。ファヴほどの印象的な存在を見逃したとはいわせないぽん。愛らしい小動物のようなハニーボイスを聞き逃したというのも有り得ないぽん」

メアリは応えずスマートフォンに向かっている。

「えっ、なんで？　鏡で自分の姿見てくれればわかると思うんだけどぽん。鏡どこかに置いてないぽん？　洗面所とかトイレとかでいいんだけどぽん」

メアリはクエストの予定が掲示されていなかったことを確認し、闘技場へ向かった。

「おーい、ちょっとー。こういう反応初めてなんでファヴ困惑してるぽーん」

傍《かたわ》らに置いてあった淡い水色の酒瓶を手に取り、ぐっと口に含み、ゆっくりと喉《のど》を動かし飲み干した。重々しいげっぷを吐き出し、メアリは再びスマートフォンに向かった。

ファヴはひらめいた。

「ひょっとしてアルコールのせいで幻覚見てると思ってないぽん？　いやいや、こんなにはっきり幻覚見えるわけないだろうぽん。非現実的なことだからってそういう対処法とるのやめて欲しいぽん。あなたは本物の魔法少女に選ばれました、はい聞こえたぽん？」

存在を認めてもらうために十分間、魔法少女という言葉に嘘がないことを確かめてもらうのに十分間を要した。カラミティ・メアリは跳び上がって驚くことも、跳ね回って喜ぶこともなく「そういうことがあるんだな」という表情で口元だけを歪めて笑ってみせた。


「というわけでレクチャー役はクラムベリーにお願いするぽん」

「なぜ私が」

「N市一人目のプレミアムでメモリアルな魔法少女ぽん。ファヴがレクチャー役をやるよりかはクラムベリーが魔法少女かくあるべしというところを見せてやって欲しいぽん」

二人を会わせたら面白そうだという本音を隠し通し、ファヴはクラムベリーにレクチャー役を頼んだ。あくまでも参加者であるという体《てい》をとるように、自分がファヴに選ばれたN市で一人目の魔法少女、メアリが二人目の魔法少女ということを忘れず、と言い含め、港南《こうなん》地区で最も背が高いビルの屋上で二人の魔法少女を引き合わせた。

テンガロンハットの庇《ひさし》に右手を添え、初めて見る自分以外の魔法少女を不躾《ぶしつけ》にじろじろと眺めるカラミティ・メアリに対し、森の音楽家クラムベリーは慇懃《いんぎん》といっていい態度で深く頭を下げた。

「はじめまして、カラミティ・メアリ。森の音楽家クラムベリーと申します」

「ああ」

クラムベリーも一応専門の試験官ではある。「魔法の国」が求める魔法少女が如何なものかということを知っているし、それを受験生に説明することだってできる。しかし本人はそんな魔法少女など必要ないと考えているため説明には全く力が入っていない。そしてカラミティ・メアリの方も同様にやる気なく力を抜いて聞いている。クラムベリーは所々が暗記している言葉をそのまま口にしているというだけの酷《ひど》い棒読みになり、メアリは欠伸《あくび》をしたり酒を飲んだりと全く不真面目だった。

ファヴは半《なか》ばワクワクしながらそれを見ていた。いきなりぶつかり合って試験がぶち壊されては困るが、なにか面白いことが起こればいいのに、くらいは思っていた。

クラムベリーは一通りの説明を終え「なにかご質問は？」とメアリに訊ねた。メアリは四角い酒瓶を傾け、喉を鳴らして酒を飲んだ。

右手の甲で口元を拭《ぬぐ》い、メアリは酒瓶の底で鉄柵をがしゃんと叩いた。

「あんたがあたしの先輩だ、と」

「ええ」

「このゲーム、リリースから一週間しか経ってない」

「そうでしたかね」

「つまり先輩っても一週間早く魔法少女になったってだけだ」

「まあ、そうなりますか」

「なんで上から見下ろしてんだ？　たったの一週間しか違わないなら、学校でも職場でも先輩後輩じゃなく同期ってんだよ。違うかい？　先輩ぶって偉そうにくっちゃべってる理由が一週間早く魔法少女になったってこと以外にあるならいってみな。聞いてやる」

クラムベリー、メアリ共に黙って見詰め合った。距離は大股《おおまた》で五歩。思えば、説明をする者と受ける者の距離としては不自然に開いている。ビル風が吹いてメアリの髪をなぶり、クラムベリーの薔薇《ばら》が揺れた。メアリは片目を瞑り、クラムベリーが鼻で息を吐いた。

「失礼しました。そんなつもりはなかったのですが……私の態度が偉そうに見えたというのであれば謝罪します」

「ふうん」

クラムベリーが本気で謝っていないことをメアリは気付いていて、メアリが気付いていることをクラムベリーもわかっている。荒野に吹く風のように乾いてひりつく空気が二人の間を漂《ただよ》った。二人の魔法少女とも、それが一触即発の空気であることを知っている。お互いを認め合う戦士二人がボールを投げ合って戦うか戦わないかの雰囲気を弄《もてあそ》ぶような優しいものではない。単純に苛立《いらだ》ち、腹を立てている。この二人、ソリが合わない。

メアリがひょいと右手を挙げ、クラムベリーは左手をピクリと動かしそれに反応した。

「質問があるんだけど、いいかい？」

「どうぞ」

「人様のため良いことしろってのはわかったが……悪いことするな、とはいわなかったね」

「態々《わざわざ》いわずとも皆さんご存知のことですからね」

空気が軋《きし》んだ。ファヴは好奇心が克《か》ち過ぎていたことを自覚した。二人はそもそもから噛み合っていない。試験開始前の無駄な戦いはファヴとしても望むところではなかった。クラムベリーは薄ら微笑み、メアリは口の端だけで笑った。そのまましばし見詰め合い、先にクラムベリーが視線を外し、ゆっくりと口を開いた。

「悪事が露見《ろけん》すれば、魔法少女の資格を剥奪《はくだつ》された上、魔法少女であったという記憶も封印されます。やったことにもよりますが、人間の官憲に引き渡されることになるでしょう」

メアリは喉の奥で「くっ」と笑ったが、楽しそうには見えなかった。

「無法者は縛り首、か」

「したことの程度にもよります」

メアリは再び酒瓶を傾《かたむ》け、それ以上質問することもなく、その場はおひらきとなった。

クラムベリーは、なにか困ったことがあればいつでも連絡を、と告げてメアリと別れた。ねぐらへ戻るべくビルからビルへと移動するクラムベリーは一言も口をきかなかった。

◇◇◇

人間関係において「けっして仲良くなれない相手」というものがいる。お互いに仲良くなれない理由を無数に列挙することができるが、そういった理由があるから仲良くなれないのか、仲良くなれない相手だから延々と理由を挙《あ》げ続けることができるのか、実は本人達もよくわかっていないのだ。

試験が始まるまでは自重しろとクラムベリーにいってもどこまで聞いてくれるものか、ファヴにはわからない。クラムベリーは魔法少女の平均より年嵩《としかさ》な外見年齢ではあるものの、中身は初めて会った時のままだ。その証拠に、一度拗《す》ねると中々機嫌がよくならず、ファヴの方から歩み寄らねば口をきいてもらえなくなる。

結局はファヴの方で調整しなければならなくなるだろう。クラムベリーとメアリが顔を合わせないよう気を遣《つか》い、メアリの前ではけっしてクラムベリーの話題を出さず、逆にクラムベリーの前でも極力メアリに触れず、できれば他の適当な魔法少女に調整役を任せ――ここまで考え「二人を会わせたら面白そう」という欲求に抗《あらが》えなかった己の浅はかさを悔やんだ。好奇心に従って動いた時は大抵良い結果にならないと経験則でわかっているのに、それでもついついやってしまう。

ファヴは何度目かわからない後悔をし、何度目かわからない反省をした。今後クラムベリーにレクチャー役はさせない。志願制にし、とりあえず次はファヴがやる。面倒ではあるものの、メアリとクラムベリーを会わせたことによって生じた面倒を思えば安いものだ。

プランを微修正し、まあ問題はなかろう、というところまでこぎ着けたのも束の間、すぐにまた新たな問題が生じた。次なるアクシデントは外部からやってきた。

話を聞いた時、ファヴは怒った。すぐに怒ることも馬鹿らしくなって呆れ、呆れてから悲しくなった。これから楽しい試験が始まるという時に、どうして他人から足を引っ張られなければならないのか。

事の起こりはつい先日、隣県の県庁所在地T市で行われた魔法少女試験でのこと。真っ当な試験を抜け、無事合格した一人の魔法少女がいた。彼女は「空想から生物を生み出す」という魔法を持ち、試験中も何度かそれを使って試験官にアピールしたという。ただし管理は行き届いていなかった。試験中に彼女が魔法で生み出した生物のうち一体が逃げ出し、その足取りを追ったところ、ここN市の隣市であるM市の山中深くに潜伏《せんぷく》しているという。

生物を生み出すことが出来ても自由に消すことが出来るわけではない。そして山の中に潜《ひそ》む生物を探し出すスキルも無い。彼女は試験官の魔法少女に相談し、試験官は「魔法の国」に報告、「魔法の国」は森の音楽家クラムベリーという優秀な魔法少女が近辺で試験を開催していることを知り、せっかくだから試験のついでに生物を捕まえるか殺すかしてくれと依頼してきた。

実の所、人選は正しい。クラムベリーは名前の通り森での活動に慣れているし、鋭敏な聴覚から逃れることができる生物はいないだろう。なにより高い戦闘力でもって魔法で生み出された猛獣だろうとコンマ三秒で制圧してしまうことができるはずだ。

「クラムベリーはいいぽん。戦いがありそうなミッションぽん」

「私だって誰が相手でもいいわけではありません。資料によれば魔法少女ほど強い相手ではないらしいじゃないですか。面白いかつまらないかでいえば、つまらない仕事ですよ」

人選は正しくとも、それで「能力を買ってもらった！」と喜ぶ純真な魔法少女もマスコットキャラクターもいなかった。他人の尻ぬぐいをさせられることにげっそりし、それが魔法少女採用試験が発端となった出来事だったということに因果のようなものまで感じ、大変に低いテンションで一人と一匹はM市に向かった。

「生物を生み出した魔法少女」は、是非山狩りに参加させてくれといっていたそうだが、そちらは丁重にお断りした。守らなければならない相手が増えればクラムベリーの仕事も増える。クラムベリーの仕事が増えればファヴの仕事も増える。良いことはない。

合併で無理やり大きくなったN市とは違い、M市はごく小さく、奥まった山間の町で市というより村に近い。山菜狩りの老婆が十年に一度、定期的に遭難するくらいには山が深く、昼なお暗い山林には地元民でさえ中々踏み入ろうとしないという。もっとも魔法少女であるクラムベリーにとっては午後の別荘地を散歩するのと大差ない。音による位置感知を密に行い、その間はファヴも愚痴を慎《つつし》む。藪をわけ枝を払い森の中を進んで三十分後。

「あれですかね」

「熊に似ているって話らしいから、あれでいいんじゃないかぽん」

あっさりと発見した。こげ茶色の剛毛、鋭い爪と牙、獣のような耳が生え、体長二メートル、見た目は熊に似ている。

ふっと明かりが翳《かげ》った。雲が月を隠している。

熊呼ばわりに怒ったのか、それとも明かりがなくなって苛立ったのか。生物が吠えた。声まで熊のようだ。草木を薙ぎ倒しながらずんずんとクラムベリーの方に向かってきた。クラムベリーは自然体で待ち受けた。

生物が爪を振るい、風圧だけで周囲の草が巻き上がった。クラムベリーは軽々と身をかわしながら間合いを詰めて腕を取り、肘の部分に裏拳を叩きつけ、関節を逆方向に曲げた。生物は痛みに叫び、クラムベリーに取られた腕を闇雲《やみくも》に振り回した。遠心力で吹き飛ばされたクラムベリーはくるくると回転して着地、そこから生物に向かって跳び、カウンター気味に放たれた爪による一撃をかいくぐって足を取った。生物は尻餅をつき、クラムベリーは足首を脇に抱えて一息で捻《ひね》りを入れた。生物は足を取らせたまま両腕を振り回すが、痛みのせいか動きが散漫だ。

隙を見逃すクラムベリーではない。腕をいなし、体を入れ替えて背後に回り込み、顎に腕をかけて頸椎《けいつい》を捻《ねじ》り折り、逆側に半回転させて完全に粉砕した。生物は土下座の姿勢で倒れ、痙攣《けいれん》する以外はもう動かない。まあこうなるだろうという予想通りになった。

「じゃあこいつの死体回収して帰るかぽん」

クラムベリーはあらぬ方向を見ていた。ファヴはそちらに向けて視覚をズームし、動いている影を認めてうんざりした。熊に似た生物が三匹、牙を剥き出しにして威嚇している。

「どうして数が増えているぽん」

「魔法により生み出された生物です。増えるくらいしてもおかしくはありません」

「コウノトリが仕事し過ぎてるんじゃないかぽん?」

「まったくです」

クラムベリーは右から左へと視線を動かした。耳の先がぴくりと動いた。

「確かにコウノトリが仕事をし過ぎている」

一匹目はすれ違いざまに足を引っかけ二匹目にぶつけ、縺《もつ》れ合う二匹に行く手を潰された三匹目の顔面に拳を叩きこんだ。毛と肉が飛散し、顔にめり込んだ拳を抜く際、粘っこい血が糸を引いた。クラムベリーは一匹目と二匹目が起き上がるより早く近寄り、僅《わず》かな動作で倒れている敵の頸椎を爪先で抉った。背後から襲いかかってきた四匹目の爪を屈んで避け、手を地面について背後も見ずに顎先《あごさき》へ蹴りを叩きこんだ。

「……四匹目⁉」

それで打ち止めではなかった。五匹目が、六匹目がクラムベリーに迫り、タイミングを合わせたように七匹目、八匹目、九匹目が現れ、クラムベリーはそれぞれを蹴りつけて跳ね除け、十四匹目の腕を捻って盾にし、十一匹目にぶつけ、纏《まと》めて蹴り倒した。

そこかしこから吠え声が聞こえる。十四二十匹ではきかない。獣臭さと血の匂いが周囲に立ちこめ、土の匂いも木や草の匂いも塗り潰されてしまっている。

「なんでこんなに数が増えてんだぽん」

「生み出した魔法少女は新人です。自分の魔法をきちんと把握していなかったのでしょう」

「無責任ぽん！」

「ファヴの口からその言葉が出るとは」

生物は一斉に突進しようとし、足を一歩踏み出したところで上半身が大きく弾かれた。次いで腕、足、と音のハンマーが乱打し、両脚に一撃ずつもらってどうと倒れた。

ファヴは内心驚いていた。クラムベリーが魔法を使っている。格闘戦を好むクラムベリーが魔法による攻撃を選ぶのは、魔法を使わなければまずい相手と戦う時だけだ。

何気なく歩いて近付いたクラムベリーが、分厚い肩に指先でちょんと触れた。途端、生物の全身が激しく震え、口、目、鼻、耳から体液が周囲に飛び散った。身体の内部で音を反響させることで内臓、特に脳へ多大なダメージを与えたのだ。生物の間を縫うように移動し、クラムベリーに寄られた生物が体液をぶちまけながらばたばたと打ち倒されていく。積み重なった仲間の死体を踏み越え、新たな生物が次々にクラムベリーに襲いかかり、さらに死体の山が嵩を増していった。生物どもの士気はそれでも衰えることはなく、死ぬために前へ出るのだといわんばかりに生物が、また新たな生物が、次から次へとクラムベリーの前に出てきた。

「きりがありませんね」

クラムベリーの声には期待が混ざっていた。生物が攻撃モーションに移るより早くクラムベリーは破壊音波を叩きこみ、生物の身体は揺れ、膨《ふく》れ、打ち倒された。

「数が減る気配も無い」

クラムベリーは生物の膝に踵《かかと》を打ちつけ、膝を踏み台にして鳩尾《みぞおち》に肘を叩き込み、空中で半回転して回転蹴りで背中を蹴りつけ、生物は地面に倒れ伏した。クラムベリーは後ろ走りで遠ざかり、追い縋ろうと集まった生物を中心にして指向性破壊音波が炸裂、草が土ごと飛び、死体が高々と宙を舞い、木々が折れ、跳ね、転がっていった。

地面が抉れ、そこだけ低くなっていた。立ちこめる土煙を割って生物が爪を振るい、クラムベリーは攻撃を避け、一匹、二匹、三匹と内部から音で破壊し、四匹目は胸を蹴って後ろに跳び、樹を蹴り、地を蹴り、クラムベリーは駆け出した。

落ち葉を巻き上げ地面から飛び出した腕を回避、樹上から落ちてきた一匹は勢いを利用して投げ、頭から地面に叩きつけた。さらに前方で巨体が複数蠢《うごめ》いている。

クラムベリーに不意討ちは通用しない。どれだけ巧妙に偽装し、隠れ潜もうとも完全に音を消してしまうことはできないからだ。だが、それでも不意討ち一つ一つに対応していればそれだけ時間を消費し、神経を使うことになる。

「クラムベリー、後ろぽん」

「いわれずとも」

掴《つか》みかかろうとする生物の腕を避け、切り返して三連撃を叩き入れ、身を回転させ脇腹を抜き手で一撃した。足、腕、頭と軽く撫で、その度に血煙が舞い、クラムベリーの身体が黒っぽい赤色に染まり、長い耳から、薔薇の花から、どろりと濃い返り血が垂れ落ちていた。生物の体当たりを脛で止めようとしたクラムベリーはその威力に断念、勢いを逸《そ》らしながら生物の首を軸にして前回りし、背後に回り込んで背中、腰、足首と連打した。

生物は倒れる間際、一際大きな吠え声で喉を震わせ、クラムベリーは足刀を打ちこんで喉を抉り潰した。他の生物も誘われるように吠え、クラムベリーは僅かに右眉を上げた。

　クラムベリーは鋭敏な聴覚で微細な音も拾い上げ、音という情報を元にして戦っている。大声を出された程度では小動《こゆるぎ》もしないが、これほどの数と戦いながら轟音を浴び続け、それでも音を拾っていけばじわじわと疲労が蓄積していく。その気になれば音をシャットダウンしてしまうこともできるが、それでは不意討ちを探知することができなくなる。

　杉木が風圧で揺れるほどの一撃を屈《かが》んで回避し、振り向きざまに裏拳一閃、クラムベリーは楽しそうに笑った。が、ファヴは笑えなかった。敵の増える勢いが衰えない。

「応援要請と市民の避難が必要ぽん」

「不要です」

　クラムベリーが生物の腕を受け流し、足を取り、身体をぐるんと振り回し、地面に叩きつけた。巨体が地面にへこみを作ってバウンドし、クラムベリーはその背を蹴って跳び、集ろうとする生物を殴り、蹴り、手刀で切り裂き、目玉に指を突き入れて横に引き裂き、しかし袖口が牙に引っかかってコンマ一秒抜くのが遅れた。背後から振るわれた爪をかわそうと跳ぶがギリギリ回避できずにジャケットの背が一部千切られ、クラムベリーは木の枝を掴んで一回転し、離れた場所に降り立った。

「クラムベリー」

「お断りです」

　ファヴには単独で応援要請を入れるだけの権限が無い。クラムベリーの許可が必要なのに、クラムベリーは頑《かたく》なに認めようとはしない。自分の評価が下がることを恐れている、というのはクラムベリーに限ってないだろう。ならば戦うことを楽しみ、その楽しみを他の魔法少女に奪われまいとしているのか。ここで生物が市民に被害を出せば試験自体が取りやめになるかもしれないのに。

「クラムベリー！」

「黙っていてください。気が散ります」

　音が一帯で炸裂し生物を打ち叩いた。クラムベリーは折れた樹を担ぎ、ギザギザの断面で生物を刺し、貫き、飛びかかろうとしていたもう一匹も一緒に田楽《でんがく》刺しにし投げ捨てた。敵に対応することでクラムベリーの移動速度は鈍り、そのことがファヴの焦《あせ》りを加速させていた。ファヴが焦っているのだからクラムベリーも焦っていないわけがない。三匹を遠距離から音で、二匹を近距離で触って内側から魔法で破壊、撃ち漏らした一匹の心臓部分に抜き手を入れた。腕を引き抜こうとするクラムベリーに対し、貫かれた生物は、そうはさせじと抱きついた。

　クラムベリーは腕に肘を落として拘束から逃れようとし、しかし逃れ切る前に別の生物が跳びかかってきた。両腕でのガードの上から吹き飛ばされ、枝を折り、樹を破壊し、クラムベリーは転がっていった。転がりながら右手で地面を叩いて木の幹に跳び、攻撃に肘《ひじ》を合わせることで敵の関節を破壊し、追撃を音の波で打ち払う。立ち上がったクラムベリーの額《ひたい》から頬《ほお》にかけ、一本の赤い筋を描いて血が流れ落ちた。

大したダメージではない。かすり傷もいいところだ。だがダメージを受けるほどに、クラムベリーの動きが鈍くなっているということでもある。絶え間ない乱戦による疲れが無いわけがなかった。

「クラムベリー！　応援を！」

「だからね、必要ないんです、忌々《いまいま》しいことに」

ダメージを感じさせない足取りで生物に向かってなにげなく近づいていく。生物は一度散開し、突進した。巨大な生物の群れが全力で走ることで地面が揺れる。揺れはだんだんと激しくなっていき、駆動音が混ざり、強烈な光によって周囲が照らされた。

樹を倒し、草を轢《ひ》いて突如現れたブルドーザーが群れの真横から突進、不快な音を立てて生物を踏み潰した。立ち上がってブレードを受け止めようとする生物もいたが、力比べにもならず吹き飛ばされる。操縦席に座る少女が聞き苦しい罵《ののし》り言葉で生物を罵倒し、さらにアクセルを踏み込んだ。

カラミティ・メアリだ。

クラムベリーが跳んだ。生物に飛び蹴り、膝蹴り、回し蹴り、と食らわせ打ち倒し、ブルドーザーは巨大な質量に見合わぬ軽快さで旋回した。どうやらブルドーザーにも魔法をかけているようだ。

メアリは中腰で座席から腰を浮かせた。右方向へ身体を向け、両手で持った二丁拳銃を生物に連射、悲痛な呻き声には耳も貸さず、弾丸の切れた拳銃を後ろに投げ捨て新たな拳銃を取り出し、生物を撃った。見事なヘッドショットで次々に頭部が爆裂、ブルドーザーに触れることもできず倒れ、積み重なっていく。ブルドーザーはそのままクラムベリーに向かって突撃し、クラムベリーはひらりと跳び、メアリと背中合わせで助手席に着地した。

「ありがとうございます」

「はっ、どういたしまして！」

相手を見もせず、ごく日常的な挨拶をかわした双方ともにべったりと血で汚れていた。クラムベリーは勿論、ここまで来たメアリも相当な数の生物を殺している。数キロ先の音まで探知するクラムベリーが、大暴れするメアリに気付いていなかったわけがない。だからこその「応援は必要ない」だったのか。

ブルドーザーが森の中を走り、ブレードと無限軌道が樹も草も土も岩も生物も、なにもかもを破壊し、踏み潰す。クラムベリーは音で、メアリは銃で、次々に敵を屠《ほふ》る。恐ろしい勢い、効率でばしばしと敵を落としていき、ファヴは気付いた。敵の数が減ってきている。増える以上に倒している。

自分たちの劣勢を感じ取ったのか、生物は背中を見せ四足で駆けて逃げ出し、しかしメアリもクラムベリーも逃がす気はなく、戦いだったものは一方的な虐殺《ぎゃくさつ》に変わり、血と肉がより盛大に降り注いだ。

メアリは楽しげに笑い、クラムベリーは小さく溜息を吐いた。

「なんだい、楽しくないのかい？」

「安全地帯から飛び道具で攻撃するというのは性に合いません」

「あたしは楽しくてたまらないね！」

「つまらない真似を……」

「なんかいったか？」

「なぜここへ？」

「楽しそうなことしてるから混ぜてもらおうと思ってね」

そして付け加えるように一言、

「貸しにしといてやるよ、センパイ」

呟き、銃を撃った。メアリは言葉ほど単純な表情ではなかった。凶暴さを剥き出しに、理性などないようでいながら考えている。そもそも、メアリはなぜここに来たのかだ。クラムベリーの後を尾行した、以外に理由が思いつかない。尾行した理由は「クラムベリー相手にストレス解消がしたかった」あたりだろうか。とにかく暴れたいという欲求、それを発散する場所と手段を求めている。

ファヴはよりメアリを面白くする方法を考え、話しかけた。

「メアリ、その銃、どこで仕入れてきたぽん？」

「そのへんの警察署」

「それはよくないぽん」

「仕入れるどころか持ってるだけでも違法な国でそんなこといわれたって困るね」

「市内で融通してくれそうなグループをリストアップしておくからそっちで頼むぽん」

「それなら、まあ、考えなくもない」

そこから先は作業だった。クラムベリーが音を探知し、ブルドーザーが向かい、二人の狂戦士が生物を殲滅する。生物はただ哀れに逃げるだけで、メアリは笑い、クラムベリーは目を瞑った。ファヴは二人の魔法少女をじっと観察した。

気性が合わないというのは間違いない。クラムベリーは戦うことが第一だ。メアリは相手を屈服させることを目的としている。その過程での残虐行為は、クラムベリーは必要なら躊躇《ちゅうちょ》せず行う。メアリの方は必要がなくても喜々として行う。クラムベリーは遠間から銃を撃つというメアリのやり方を「趣味から外れる」と見ているし、メアリの方はクラムベリーの戦い、魔法を見て、狂的な笑いによって押し隠しながらも「こんなチンケな武器じゃこいつ相手には足りていない」と思っている。

あらゆる面でこの二人は噛み合っていない。

数時間の後、山狩りを終え、メアリはブルドーザーを置いて帰っていった。それも始末しておけ、ということなのだろう。去り際の「癖になりそうだ」という言葉、それにすっきりとした顔は、暴力の解放という目的を果たしたと見る者に教えてくれた。あの分だと本当に癖になったかもしれない。

残された一人と一匹は、山と積まれた死体をブルドーザーの座席から見上げていた。クラムベリーは「ファヴ」と呼びかけ、ファヴは「なにぽん」と返した。

「……『魔法少女育成計画』で強力な候補生を発掘できるという話、間違いないのですか？」

「今までになかったタイプの魔法少女……メアリみたいなのが出てくるはずぽん」

「彼女の戦い方は全く好みから外れるものですが、彼女に匹敵する力の持ち主が他にも現れるとすれば……なるほど、面白くなりそうですね」

「やっとやる気になったぽん？」

「ええ、まあ」

「そろそろ連絡入れてもいいぽん？　この季節、長いこと肉を放置してると匂うぽん」

魔法少女とマスコットキャラクターの一人と一匹は、声を合わせずバラバラに笑った。

アリス・イン・ハードゴアドリーム

マジカルキャンディー集めの競争が
今まさに始まろうかという頃のお話です。

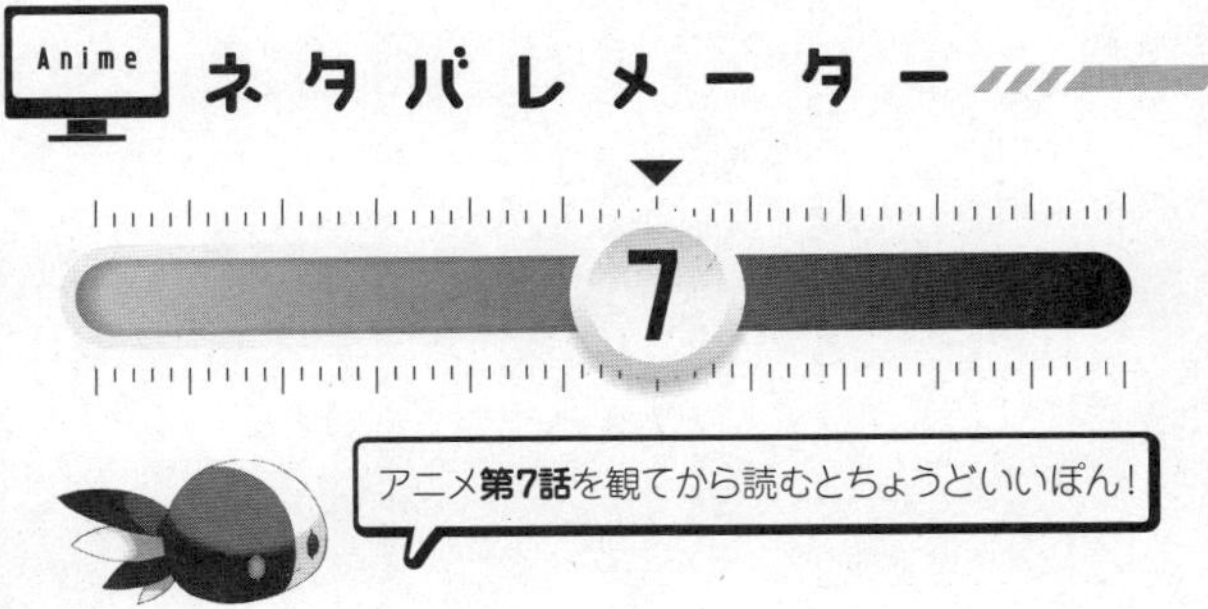
Anime
ネタバレメーター
7
アニメ**第7話**を観てから読むとちょうどいいぽん！

本書のための書き下ろしです。

◇ねむりん

纏《まと》めて結った髪を長々と靡《なび》かせ、グラデーションの風となって雲間を抜ける。ねむりんの速度に追いつける者など、この世界のどこを探してもいない。音だろうと雷だろうとトップスピードだろうとねむりんは置いていく。目的地を目指し、ひたすらに飛ぶ。ねむりんの飛行は一切の騒音を伴わないが、なにか物寂《ものさび》しいので「びゅーん」と擬音を口にしながら飛び続け、わたあめの雲を切り裂き、途中切り裂いたわたあめをつまみ食いしながら石畳に降り立った。

その夢では女王の即位を祝っていた。

「ルーラ様ばんざーい！」

「ルーラさまー！」

「こっち見た！　今ルーラ様と目が合った！」

美しく知性とカリスマ性に溢《あふ》れた新たな女王の誕生を祝って民衆は歌い、喜び、笑い、騒いでいて、ねむりんもだんだんと楽しくなってきた。ねむりんは折り紙を切って作った紙吹雪をそこかしこにばら撒《ま》きながら他の誰より嬉しそうに飛び跳ねた。ねむりんの紙吹雪は桃色と白のファヴ、蛍光グリーンと白のファヴ、ワインレッドと白のファヴ、その他色鮮やかなファヴになって空へと飛んでいった。

「配色の趣味が悪いぽん」

「綺麗でいいじゃない」

「肖像権の侵害ぽん」

「夢の中に肖像権なんてないもーん」

「ああいえばこういう」

「ねむりんは常に正しいことを口にするのです、えっへん。それにしても……ルーラのやつ、他人が見てる夢でも自分が見てる夢でも同じようなことしてるなあ」

「キャラクターがはっきりしてるというのは悪いことでもないぽん」

ねむりんの頭部から伸びた超汎用《はんよう》性情報収集装置「ねむりんアンテナ」は、魔法少女が眠りについていることを甲高い声で連呼し、ねむりんはアンテナが教える方向へとひたすらに飛んでいく。ルーラ女王の即位を祝う祭は小さくなっていき、荒野を進む新幹線が見えてきた。小さな天使が新幹線の上で「新幹線カードは速いなあ」と喜んでいる。

「おっ、これはミナエルの夢かな」

「さーて、ミナエルだかユナエルだか」

「あ、向こうからも来た」

地平線の向こうから、鈍行《どんこう》列車が土煙を上げ、新幹線に匹敵する勢いで走ってきた。その上にはやはり小さな天使が座っていて「急げ急げー」と騒いでいる。

「いよいよ区別つかなくなってきたぽん」

「これ、なんだろう。同じ夢二人で見てるの？」

「魔法少女で双子なんだからそれくらいするだろうぽん」

「なるほど、そういうもんなのね」

ミナエル社長とユナエル社長によるデッドヒートはいよいよ最終局面を迎えようとしており、その時ねむりんアンテナが「魔法少女が夢を見てるよ」と叫んだ。

「おおう、今日はすごいなあ」

ねむりんは双子のレースを置き去りに、新たな夢へと飛んだ。

「今度は誰の夢ぽん？」

「おっ、あそこに家があるぞ」

草原の中にぽつんと建つ純日本家屋《かおく》は、傍目《はため》には酷《ひど》く浮いていた。しかし庭で洗濯物を干すお母さん、縁側《えんがわ》で爪を切るお父さん、居間でお茶を啜《すす》りながらテレビドラマを観るおばあちゃん、自室で宿題をする女の子、犬小屋の中で微睡《まどろ》む犬、と一つ一つの風景が平凡ながら幸せそうに見えた。

「あの女の子が魔法少女の変身前の姿……じゃないな。ええと、お父さんでもないしお母さんでもない。まさかのおばあちゃん魔法少女ってわけでもないし……あ、犬だ」

「犬ぽん？」

「あれたまだね、たま。たまって変身前は犬なの？」

「いや、そんなことないけど」

「じゃああれだ、自分じゃない人の立場になるタイプの夢だね」

犬になったたまは犬小屋で丸くなり、その姿は人の心を和《なご》ませる幸せそうなものだったが、特になにかのイベントが起こるでもなくずっと同じ状態が続くため刺激が無い。ねむりんは大きな欠伸《あくび》をし、ファヴはくるりと一回転してリンプンを振り撒いた。

「ねむりん、ちょっといいかぽん？」

「なに？　マジカロイドの夢なら見に行かないよ。バスタブにお金入れてそこに飛びこむ夢ばっかり見るんだもん。もう飽きたよ。電気羊の夢でも見ればいいのに」

「そんなことはどうでもいいぽん。ねむりんは、このまま夢から夢に渡り続けるぽん？」

「そうだよ」

「いつものように？」

「そうだよ」

「現実でマジカルキャンディーが稼げるわけでもないのに？」

「そうだねえ」

「じゃあファヴがこれ以上一緒にいる理由はないぽん」

「そうなの？」

「今のファヴはとても忙しい立場にあるぽん。ねむりんとばかり一緒にいられないぽん」

「つれないなあ」

「というわけでさよならぽん。なにかあれば呼んでもいいけど、夢の中でなにかあったからなんて理由で呼ばれても困るから、できれば呼ばないでくれた方がありがたいぽん」

「ファヴってねむりんに冷たくない？」

「気のせいじゃないぽん？」

「気のせいじゃない気がするなあ」

「はいはい、それじゃさよならぽん」

ファヴが姿を消し、魔法の端末を振ってもなにも出てこなくなってしまった。

ねむりんは魔法の端末を頭上に放り、魔法の端末は数回転して消え失せた。ファヴが出てこないのなら持ち歩いている意味もない。マジカルキャンディー獲得戦が始まって以降、ファヴは忙しい忙しいばかりで実際に忙しい立場にいるため文句もいえない。

「でもね、ねむりんのやってることが意味ない、みたいにいうのはどうかと思うね」

ねむりんは腕を組み、精一杯の難しい顔で空を見上げた。空には美味しそうなわたあめの雲がふわふわと浮かび、カラスの群れがそれを啄《ついば》んでいた。

「ねむりんは夢の中で魔法少女が困ってたら助けてあげてるもんね。たまに失敗することもあるけど、でもきっと役に立ってるよ。それに魔法少女が夢を見ていないなら、今度は魔法少女じゃない人の悪い夢をやっつけるもん。宇宙怪獣を改心させたし、ずーっと落ち続けていた人に落下傘《らっかさん》を渡したし、殺された人を生き返らせたし、家庭内の不和を解決したし、去っていこうとする恋人を連れ戻したし、言葉が通じずに困っている所へ出向いて通訳したし、気が付けば街中で一人裸という人に服をあげたし、これ全部ねむりんにしかできないことだよ。これに意味が無いってどういうことさ。良い夢は、疲れた人々の心にささやかな幸せをもたらし、起きてから一日の活力になってくれる……ことだってあるもんね。うん、やっぱりねむりん正しい」

そう自分を納得させていると、またねむりんアンテナが「魔法少女が夢を見てるよ」と騒ぎ出した。

「今日は千客万来《せんきゃくばんらい》だなあ」

使い方を間違っているような気もする言い回しで喜びを表現した。ねむりんは空中で錐《きり》揉《も》み三回転半を決めて再浮上し、猛スピードで目的地へ向かった。ねむりんが望めば、目的地へはあっという間に辿《たど》り着く。「しゅたっ」と擬音を声に出して着地し、周囲を見回した。

森の中だ。顔の有る花が咲き誇り、一つ一つが楽しそうに歌を歌っている。虫も、小鳥も、水溜りで跳ねる魚も、皆が人間のようにころころと表情を変え、ある者は明るく、ある者は悲しそうに、ある者は馬鹿にしたような調子で、仲間とお喋りをしたり、独り言を繰り返したり、花に合わせて歌を歌ったり、好き放題に音を出し、他の音に負けないよう張り合うため大変に騒がしい。

ねむりんは耳を塞《ふさ》ぎながら考えた。

「こういうファンシーな夢を見そうな魔法少女って誰だろ。ルーラはさっきいたでしょ。ユナエルミナエルはレースをしていたでしょ。ラ・ピュセルが好きなのはもっとカチっとしたファンタジーだし、シスターナナとウィンタープリズンはもうちょっとピンク色が強いよねえ。カラミティ・メアリは世紀末、スノーホワイトはもうちょっと静か、トップスピードのノリとも違うしなあ」

ねむりんは更に考えた。

「まあ、誰の夢か考えるより、本人を見つけたほうが早いよね」

絹《きぬ》を裂《さ》くような悲鳴を聞きつけ、ねむりんは飛び立った。

巨大なドードー鳥が獣道の脇に座り込んでいた。周囲には血が飛び散り、ドードー鳥の大きな足はべったべたに血で塗《まみ》れてしまっている。ねむりんはドードー鳥の隣に降り立った。

「すごい血だねえ。大丈夫そうじゃないけど大丈夫？」

ねむりんの問いかけに、よく響く低い声でドードー鳥が答えた。

「いや、怪我はしていないんだけど」

「えっ、そうなの？　これだけ血が流れてるのに」

「その……横から飛び出した女の子を踏みつけちゃって、すごく血が出て……悪いことしたなあって思ってたら女の子がむっくり起き上がって走っていったんだよ。心配だなあ、あの子。あんなに血を流しながら走ったりしたら体に悪いと思うんだよ」

「確かに悪いかもねえ。その女の子、どっちに走っていったのかな？」

「向こうの方へ。声かけたんだけど、聞こえてなかったのかなあ」

その女の子が魔法少女だろうか。とりあえずはその女の子を追おうと走り出し、一応片付けておこうと振り返り、人差し指を立ててくるくると回してみせた。血は地面に吸いこまれ、ドードー鳥の足を汚した血は空気に溶けて消えた。

「考えてもわからないものはね、見なかったことにするといいよ」

アドバイスし、飛んだ。より高度を上げ、ドードー鳥が示した方角へと向かい、そして見つけた。

「いた！　あれだ！」

不思議の国のアリスを葬式カラーにしたような少女が走っていた。

「んん？　あれ……誰だろ？」

チャット番長であるねむりんは、N市の魔法少女なら全員知っている。見れば「ああ、誰それだな」とわかる。しかしこの魔法少女には見覚えが無かった。病的に白い肌、濃い隈《くま》という不健康な外見をした、黒いアリスの格好をしている魔法少女。たまのように、別の誰かになった夢を見ている、というわけでもなさそうだ。つまりこの魔法少女は、ファヴがいっていた十六人目、新入りの魔法少女だ。

　ねむりんは顔を確かめる際、高度を下げて少女に近づき顔を覗《のぞ》きこんだりもしたが、それでも少女はねむりんに構うことなく真っ直ぐ前を見たまま走り続けていた。

「すごい集中力だなあ。目標以外は一切《いっさい》目に入らないって感じ。すごいけど……ちょっと怖いね」

　魔法少女はなにを目指して走っているのか？　それは考えるまでもなかった。彼女の前には猛スピードで走る白兎《しろうさぎ》がいた。学生服モチーフのコスチューム、全体が白く、可愛らしい兎耳のカチューシャを頭につけた少女――兎耳以外はねむりんが知っている魔法少女にそっくりだった。ただし振り返ることなく前を走っているため顔は見えず、断定はできない。

　白い少女は後ろを追う黒いアリスに気付いているのかいないのか、振り返ることもなく走り続けている。黒いアリスはなぜ白い少女を追うのか。アリスとして白兎を追う義務があるのか。それとも他に理由があるのか。

「ううむ……なんだろう、なんだろうこの感じ。ちょっと面白くなってきたぞ」

　森を抜けて山に入り、白い少女は上へ上へと登り、黒いアリスはそれを追いかけ走る。

白い少女は遂《つい》に山の頂上に達し、切り立った崖を駆け下りていった。黒いアリスはそれを追って両手両足を広げ崖の上からダイブした。「なるほど、彼女も飛行可能な魔法少女仲間だったんだねえ」とねむりんも負けずにダイブして後を追った。黒いアリスは猛スピードで地上を目指し「これはひょっとしてただの自由落下じゃないだろうか」とねむりんが気付いた時には着陸——ではなく、地面に激突していた。

ねむりんが予想していた「落下位置に人型の穴が開いている」というスラプスティックコメディなものではなく、衝突の衝撃で肉と血の塊になってしまうというリアルな末路はグロテスク極《きわ》まり、これはまずいとねむりんは肉塊にモザイクをかけた。多少はマシになった。

自由落下でさえ追いつくことができなかった白い少女は、無事に駆け下りてそのまま走り去っていく。夢とはどこまでも理不尽《りふじん》だ。

どうやらこの夢は本人が死んでしまうことによって終わるタイプの夢だったようだ。魔法少女が見るものとしては珍しい。魔法少女は夢の中では思うがままに過ごしていることが多いのに。

「かわいそうに……死ぬとわかっていれば止めたのになあ」

ねむりんがピンク色のモザイクに近寄ると、モザイクの下の肉塊がブルブルと震えた。肉塊は瞬《またた》く間に人の形を取り、あっと思った時には黒いアリスになって、モザイクを振り払って再び走り出した。

「えっ？　あれっ？　死なないの？」

ねむりんは慌《あわ》て、へこんだ地面を補修し、飛び散った色々を空中に吸い込ませ、黒いアリスの後を追った。

「死んで終わる夢じゃなかった、と。それは悪いことじゃないけど……じゃあいったいどんな夢？」

すぐに白い少女の背中が見えてきた。あれだけ走り続けて追いつけなかったのに、向こうも疲れていたのか追いつくことができた……ということはなく、背中が見えたところまではきたのに、そこから追いつくことができない。

「がんばれ！　もうちょっと！　あと少し！」

黒いアリスはぐっと手を伸ばし、もう少しで白い少女の背に触れる、というところで前のめりにすっ転んだ。速度が速度だけに転んだだけでも大変なことになる。転がり、樹を折り、岩に当たり、地面を削り、ズタボロになって横たわり、停止した。見れば、後方でウミガメのようななにかがのそのそと動いている。あれに躓《つまず》いてしまったらしい。

少女はそれはもう惨《むご》い有様になっていた。木の枝が体に刺さり、右肘の関節は逆方向に曲がり、左足首から下が捥《も》げ、右の目玉が零《こぼ》れ、顎《あご》が割れて左右に分かれ、ねむりんは両手で目を覆《おお》い、指の隙間からこっそりと盗み見た。

これほどの大怪我、というか死んでいるように見えたのに、黒いアリスはすっくと立ち上がり、捥げた足首やはみ出た内臓も全て元通りになっている。

「ううむ、すごい回復力」

黒いアリスはまたすぐに走り出した。

「ううむ、すごい情熱。これが若さってやつか」

折れた木や砕けた岩を元に戻し、それに飛び散った血を消してねむりんも飛び立った。

「しかしあれだね。世界観無視した死に方する子だね」

巨大なキノコが乱立する湿地帯に入った。前を走る白い少女はキノコの間を弾むように走り、時折《ときおり》キノコに当たって本当に身体を弾ませながらも速度を落とすことはない。一際大きなキノコに肩をぶつけ、キノコが大きく揺れた。白い少女は問題無く駆け抜けていったが、それを追う黒いアリスが通ろうとした時、右から左へとキノコが揺れ戻り、上でパイプを吹かしていた巨大な芋虫《いもむし》が落ちてきた。

ぐちゃり、と音がした。

アリスは見事に潰《つぶ》され、芋虫の下の地面にじわじわと赤い染みが広がっていく。芋虫は黒いアリスにも、それどころか自分が落ちたことにさえ構わず長々と煙を噴き出していたが、上の重し、即ち芋虫を吹き飛ばしてアリスが起き上がったことで上下逆にごろんと転がった。ねむりんはどうにか元に戻ろうとする芋虫をキノコの上に返してやり、そのまま黒いアリスを追いかけた。

「フォローするのもいい加減疲れてくるなあ」

キノコ地帯を抜け、整備された街道に出た。ハートの女王様がトランプの少女達を従えて行進しているただ中を白い少女が走り抜け、列を横切った無礼者に対し女王様は怒り狂い、しかし白い少女はどんどん遠ざかる。黒いアリスはそれを追い、怒れる女王様の前に飛び出し、女王様に命じられたトランプの少女達が黒いアリスを捕まえた。

「無礼者の首を刎《は》ねよ！」

哀れ、黒いアリスは首を刎ねられてしまったのだった。血は噴き出すし、切り口は生々しいしで、処刑人を務めたトランプの少女が泣き出してしまうほどの凄惨《せいさん》な処刑になったが、女王様はひとまず満足したらしく、行進は再開された。トランプと女王様が去り、捨て置かれたアリスの身体がむくりと起き上がり、自分の首を拾い上げ、切り口を合わせた。あまり聞きたくない類《たぐい》の音を立てて首と胴体がくっつき、黒いアリスはまたまた走り出した。

「なんとも底知れぬ子だなあ」

黒いアリスは白い少女を追いかけて走り続けていた。白い少女は後ろに黒いアリスがついてきていることも知らず、けっして追いつかせることのない速度でひた走っている。ねむりんは黒いアリスの名前も知らない。彼女が何故白い少女を追いかけているのか知らないし、そもそも白い少女とどういう関係にあるのかも知らない。ねむりんが知っているのは黒いアリスの表情だ。必死で追いかけ、追いつくことができず、それでも追いかけ、ぐちゃぐちゃの肉片になってしまってもまだ走っている。

クロッケーの会場に飛び込んで木槌《きづち》で頭を潰され、お茶会に飛びこんで頭から熱湯を浴び、それでも諦《あきら》めず、挫《くじ》けず、追いつけない相手の背中を追って走り続ける。目の前に大きな岩が現れたが、それでも速度を落とすことはない。

「なんだか色々かわいそうだなあ」

ねむりんは両手の人差し指と中指を立て、自分の額《ひたい》に当てた。

「ねむりんビーム！」

ねむりんビームは黒いアリスの前に立ちはだかっていた大岩を破壊、アリスは大岩にぶつかることなく通り抜けたが、砕けた大岩の破片が多数飛来し直撃、結局滅茶苦茶になってしまった。

ねむりんは呻《うめ》いた。

「ねむりんは明るい夢が好きなんだ。これは違うぞ。グッドエンドを目指してないぞ。追いかけても追いかけても追いつくことができないなんてつまんないじゃないか」

ねむりんは黒いアリスの隣に取りついた。

「ねえねえ」

話しかけても返事はない。

「ねえってば」

返事はない。

「あなたの前を走ってる白い魔法少女、いるでしょ。ねむりんはあの子の名前、知ってるよ」

黒いアリスがねむりんの方を向いた。表情は真剣そのものだ。

「ねえねえ、黒いアリスの人。あなたの名前は？」

「ハードゴア・アリス」

「中々に思い切った殺伐《さつばつ》感漂う良い名前ですねえ。どうして白い魔法少女を追いかけてたの？」

「ええと……」

「いいたくない？」

「いいえ。御礼をいいたくて」

「御礼を？」

「助けてもらったことがあるから」

「御礼だけ？」

「それは……」

「御礼だけ、にしちゃちょっと一生懸命が過ぎてると思うんだけど……どうかな？」

「それは……」

「ここだけの話、ここだけの話だから。ねむりんにちょっと聞かせてくれたら、ねむりん協力してあげられると思うんだ」

「それは……」

「それは？」

「それは……」

「それは？」

「私は……黒いから」

「うんうん」

「白い魔法少女の隣にいれば、白と黒で綺麗かなって……似合うかなって、思って」

「うん」

ねむりんはにっこり笑い、右手の親指を立ててみせた。

「気に入った！」

アリスは少し戸惑《とまど》った様子でおずおずと頭を下げた。

「ありがとう……ございます」

「御礼はいいよ、それより走りなよ。ねむりんが協力して白い女の子に追いつけるようにしてあげるから」

「追い……つける……追いつける……」

ハードゴア・アリスは繰り返し呟き、口にする毎《ごと》に速度が上昇していく。白い少女との距離はじわじわと縮んでいく……が、前方ではなにやら大騒ぎをしていた。広い草原で赤いチェスの軍団と白いチェスの軍団が戦っている。赤い女王が声も嗄《か》れよと大きな声で指示を出し、白い女王は前線に出て赤の駒を散々に打ち据えていた。ポーンがナイトを追いかけ、ビショップがルークを蹴りつけるという上を下への大騒ぎだ。土埃《つちぼこり》が巻き起こり、視線もろくに通らないというのに、白い少女は構わず戦場に入ってしまおうとしている。

ねむりんは両手を掲《かか》げ、叫んだ。

「他所《よそ》でやりなさーい！」

突風が吹き、突風は旋風《せんぷう》になり、旋風は竜巻になった。巨大な竜巻が人間大のチェスの駒全てを巻き上げ、どこか他所《よそ》へ運んでいってしまう。駒達は口々に不平をぶちまけ、二人の女王は裁判沙汰にしてやると息巻くがねむりんの知ったことではない。まとめて地平の彼方へ吹き飛ばし、ハードゴア・アリスは邪魔されることもないまま、さらに白い少女との距離を詰めた。

と、また前方でなにやら騒ぎが起きていた。長い爪と鋭い牙を備えた巨大なドラゴンが、同じくらい大きな燻《くすぶ》り狂った怪物と縺《もつ》れ合い、絡《から》み合い、周囲のあらゆる物を破壊しながら激しい戦闘を繰り広げていた。怪物同士の戦いは徐々に近づき、近づけば近づくほどその巨大さが見て取れ、もし巻き込まれでもすれば魔法少女であろうともただでは済まない。それなのに、白い少女は真っ直ぐに怪物達の方へと向かっていく。ハードゴア・アリスも怯《ひる》まず速度を上げた。

ねむりんは人差し指で天を指した。

「怪獣は退治されるもの！」

雲が割れ、そこから巨大な宇宙人が出現、地響きと共に降り立ち、ドラゴンを蹴り、怪物を殴り、弱った二匹に対してビームを放ち、爆散させた。宇宙人は退治までに要した時間が三分以内だったことに満足し、元居た場所に帰っていった。

二匹の怪物が爆発した煙の中でハードゴア・アリスがスピードを上げ、白い少女に向けて手を伸ばし、しかしギリギリで届かず、伸ばした指が震え、それでも届かず、ねむりんが跳んだ。

「ねむりんキィーーック！」

アリスの背中に飛び蹴りを入れ、吹き飛んだアリスの手が、遂に白い少女の背に届き

——ぼんっ、という音が鳴り、白い少女が煙に包まれた。アリスは慣性のまま転がり、泥まみれになって起き上がった時には手にぬいぐるみを持っていた。

「えっ？　あれっ？　どういうこと？」

不細工な白兎のぬいぐるみだ。白い少女はもうどこにもいない。追いついた瞬間、白兎のぬいぐるみに変身してしまった。アリスはぬいぐるみを抱え、ぎゅっと抱きしめた。その姿は、追いかけていたものを手に入れた喜びとは程遠く、むしろ寂しげに見えた。

ねむりんは腕を組み、首を傾《かし》げた。

「どうしてこうなったんだろう」

ねむりんは俯《うつむ》くアリスに近寄り、肩を叩いた。

「ねえねえ、ハードゴア・アリス」

「……なに？」

「さっきさ、白い魔法少女の隣に立ちたいっていったじゃない」

「……うん」

「立ってなにをするか、までは聞いてなかったよね」

「うん……私は……私は、白い魔法少女と一緒に」

アリスはぬいぐるみを抱いたままそっと空を見上げた。

「人を助けたい……私が助けてもらった時みたいに、困っている人を助けたい」

ねむりんは頷《うなず》き、一度目よりもゆっくりと、もう一度頷いた。

「三つ、良いことを教えてあげよう」

「良いこと？」

「一つ目はね、現実世界でなら追いついた相手がぬいぐるみになる、なんてことはないってこと。二つ目は、この子は現実世界じゃここまで足が速くないから追いつくのがもう少し楽ってこと。三つ目は、一番大事だからよく聞いてね。白い魔法少女の名前は――」

◇鳩田亜子

目が醒《さ》めた。恐ろしく長い夢を見ていた、そんな気がしたのに、夢についての記憶は一切無かった。まるで全力疾走をしたばかりのようにびっしょりと汗をかき、息を切らしている。しばらく息を吸っては吐くを繰り返し、落ち着いてきてから身体を起こした。

白い魔法少女の夢を見ていた気がする。なのに思い出せない。亜子《あこ》は溜息《ためいき》を吐《つ》き、枕元の兎のぬいぐるみを取り上げ、胸に抱いた。

――この兎……どこで買ってもらったんだっけ。

そんなことが思い出せないくらいあやふやな物なのに、なぜか頼もしさを感じ、亜子はより強い力を込めてぎゅっと抱きしめた。

たまにはこんなことも

たまが魔法少女になって
少し経った頃のお話です。

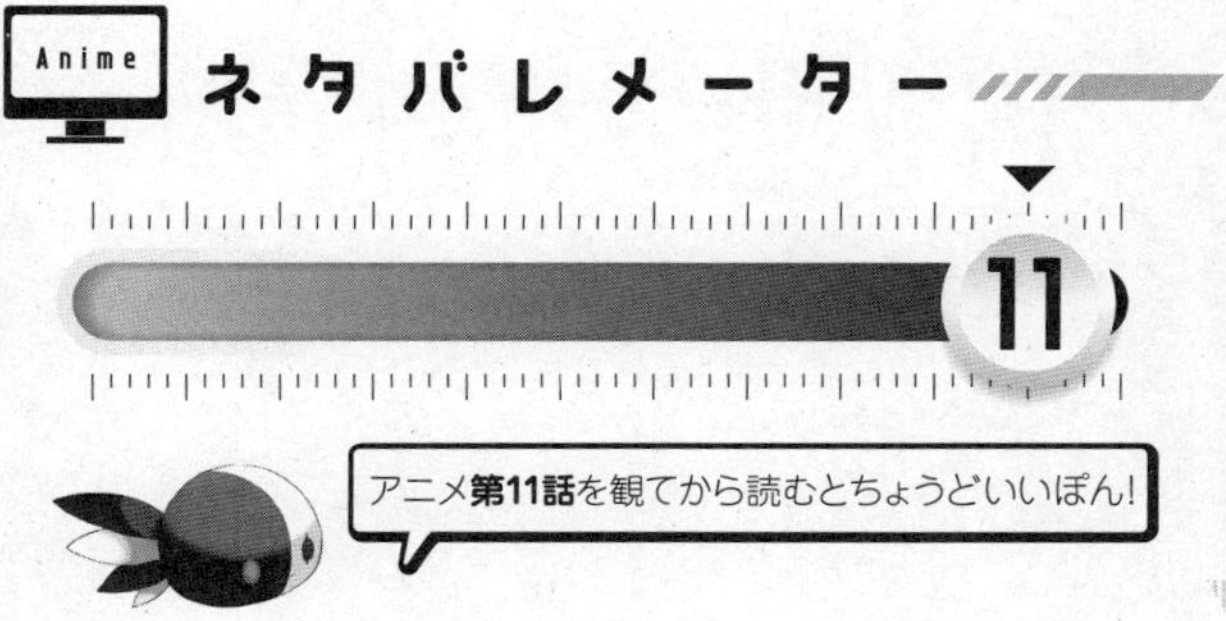
Anime
ネタバレメーター
11
アニメ第11話を観てから読むとちょうどいいぽん!

本書のための書き下ろしです。

名深《なぶか》第三中の校外学習では二人一組の班を作る。二人で協力して興味のあることを学習、研究し、その過程と結果をレポートとして纏《まと》める。特に優れたレポートを作った班が一クラスにつき一組選抜され、後日全校生徒が見守る中で成果を発表することになる。

二人一組という集団の最小単位。どうしたって付き合いは密になる。グループ分けの緊張感は尋常《じんじょう》じゃない。自分が一人だけ余るかもしれない。そんなこと考えたくもない。皆がそう思っているはずなのに、誰もそんなことは思っていないかのように、きゃっきゃと笑いながらグループ分けをする。小学生の頃は、ここまで面倒じゃなかった。高校生や大学生は、たぶんもっと大らかだ。大人になればこんなことで悩まないだろう。胃をきりきりさせながらグループ分けをするのは中学生だけだ。そうであって欲しい。

班の人数は二人。つまりペア。私達の所謂《いわゆる》仲良しグループは、私、桑田千尋《くわたちひろ》を入れて全部で六人。六人という人数は大抵《たいてい》のグループ分けに対応することができた。ペアにせよ、三人にせよ、六人いれば割り切れる。それ以上の人数になると、四~六名といったように、ある程度人数に幅を持たせるようになる。仲良しグループの一人が部活中のアクシデントで足首の骨を折って入院しているという不幸さえなければ、いつものようにペアを作ることができた。六人から一人減って五人になってしまっては、二人のペアを三組作ることはできない。

皆、明るい顔で困っていた。もしここで一人だけ余ったりしたら恥をかく。一人余らせてしまった他の四人にしても、余った一人と今まで通りに付き合うことができるとは思えない。私は頭の中で素早く計算し、切り出した。

「ここは私が抜けるからさ」

仲間ということになっているはずの誰かを切り捨てなければならないから問題になる。自分から言い出せば、気まずさは薄らぐし恥《はじ》は無くなる。皆、口々に「千尋が抜けることなんてないって」「私が抜けるよ」なんてことをいっていたけど、内心はほっとしていたんだと思う。私が彼女達の立場だったらほっとする。

ここは私が自ら抜けた方が良かった。六人中一人が休み、五人になって誰か一人抜けなければ、という状況は、あまり私に優しくない。グループ内の序列が数字で出ているわけではないけれど、なんとなくのことは把握《はあく》できる。私は三番目から四番目くらいだ。誰かを切り捨てるということになれば、それが私になることだって充分考えられる。

だから私は自《みずか》ら身を退《ひ》いた。ただ、少し遅すぎた。

私達が「私が抜けるよ」「いえいえ私が」と出来の悪いコントのような遣《や》り取りをしている間に、他のクラスメイトは大体がペアを作ってしまっていた。グループ内に序列があるように、クラス内の序列も当然存在する。私達のグループは中の中くらいだ。ぐずぐずしていれば、そりゃ他の人達は待つことなく、くっついてしまう。

自ら身を退《ひ》いた私には選択する余地が無かった。

期間中、学級活動と学級指導の時間は校外学習に割り当てられる。各班は教室の中で額《ひたい》を突き合わせて話し合ったり、図書館で調べものをしたり、学校の外に出て調査をしたり、もしくは調査をするという名目でサボったりしている。私の班はなにを調べるという段階にないので、まず内容について決めなければならない。

私と仮初《かりそめ》のパートナーは、机一つを間に挟み、椅子に座って向かい合った。向こうは背が低く、私は背が高い。座っていても頭半分くらい目の高さが違う。そのせいもあって机一つしかない距離が見た目以上に離れているように感じ、それでいいと思った。

「あの……よ、よろしく……」

犬吠埼珠《いぬぼうざきたま》。勉強はクラスどころか学年でも最下位争いに参加できるくらい不得意としている。運動はそれよりマシだが下の中程度だ。クラス対抗大縄跳《おおなわと》びで何度も何度も足を引っかけ、皆から白い眼を向けられ半泣きになっていた。あの時ほど「私があの子の立場じゃなくて本当に良かった」と思ったことはない。

なにか面白いことを話してくれるわけでもなく、ただ勉強も運動もできない劣等生では、誰かに必要とされることもない。クラスの中では一番下にいて、馬鹿にされたり笑われたりして、それでも本人は怒ることもできずにへらへらと情けなく愛想笑いしている。

私は自分のグループが「誰を切り捨てるか」なんてことで自壊することは嫌だった。だから自分から抜けると立候補した。だけど犬吠埼珠と一緒に校外学習なんて話は聞いてない。聞いてないからといってやり直しを通せるわけがない。今の私にできることは、可能な限り目立たないようこの窮地《きゅうち》を切り抜ける、それだけだ。

悪目立ちしない程度、笑い者、晒《さら》し者にされない程度、内申に悪影響を及ぼさない程度、最低限その程度の出来が求められる。私のパートナーは最低限度要求されるスペックを満たしていないので「その程度の出来」でも私は努力を強いられる。

努力を強《し》いられるというのは出来不出来だけではない。

誰と付き合っているか、それによって人間の評価は決まる。こんなことをいっていたのはどこの偉い人だったろう。普段誰にも相手にされていない犬吠埼珠を、私だけは相手にしなければならない。私は教室内に残っている十数人の目を意識した。自意識過剰と笑わば笑え。他者の目がある場所で犬吠埼珠と親しくしたくはない。実際に親しくなかったとしても、親しく見えるようになってはならない。私は仕方なく劣等生を相手にしている体でいかなければならない。犬吠埼珠の友達、仲間という扱いを受け、翌日以降私もクラスの中で除《の》け者扱いを受けるようになりました、なんてのが最悪だからだ。

「犬吠埼さん」

あまり好意的でない声のトーンだったとはいえ、犬吠埼珠は声をかけられただけで身体をびくりと震わせた。

「は、はい」

「これがやりたい、というものがあったりする？」

「うん……」

犬吠埼珠はごそごそと机の中を探し、私は意外な返答に困惑した。どうせ準備もなにもなく、おんぶにだっこのつもりなんだろうと思っていたが、彼女はなにかを用意していたらしい。取り出された数枚のコピー用紙は、端《はし》が折れ曲がっていて、犬吠埼珠は指先で摘み、逆側に曲げて元に戻し、私に手渡した。

左端がホッチキスで留めてあり、冊子のように纏めてある。妙に気が利いている。一枚目を捲《めく》る。はっきりいって字は上手くない。変な癖《くせ》がついているせいで大変読み難《にく》い。しかし重要と思われる場所が赤字や青字になっていたりする。意外と力が入っていた。

案外やる気はあったのかもしれない。でも無能な働き者は一番使えないって話をどこかで聞いたことがある。変に期待しない方がいいな。流し読みする気でいたが、頁を捲る手が止まった。植物を育てるためにはどんな土を使うべきか、植物ごとに様々な土を使って調べてみよう、といったことが書いてあった。土の配分や水はけ等の違いを見てみよう、と続いている。

私は冊子から目を離して犬吠埼珠を見た。犬吠埼珠は怯《おび》えたように身体を震わせた。

悪くないじゃないか。少しだけ、ほんの少しだけ見直して、私はさらに頁を捲った。

土と植物についてはそれで終わっていた。その次は場所による土の違い、山と海、川の上流と下流、住宅街とオフィス街、その他様々な場所での土の違いを調べ、なぜ違うのかを考える、とある。その次はN市内の地層を調べて古代の地形がどんなものだったのか、どのような理由で現代の地形に変化したのかを考えてみよう。その次は……私はぺらぺらと冊子を捲った。最後の頁は「犬耳の少女が小さく手を振って『さよならー』という台詞《せりふ》が吹き出しとして描かれているイラスト」で締められていた。字と同様、上手くはない。

私は顔を上げた。

「犬吠埼さん」

「は、はい」

「なんで全部土に関係してるの？」

「穴掘り、好きだから……」

友達のいない子が一人校庭の隅《すみ》に陣取り、シャベルでガツガツと土を掘り起こしているところを想像し、とてもげっそりさせられた。変わり者だから一人でいるのか、一人でいるから変わり者になったのか、私にはわからない。しかし犬吠埼珠の、この土への……というか穴掘りへの思いは使えなくもないだろう。

N市内の地層の変化について調べるということを決め、私達は図書室に赴いた。

学級活動の時間が終わるまでに必要な資料を探しておきたい。

犬吠埼珠には理科の資料集から使えそうな部分を抜き出しておくよう命じ、私は土や地層に関する図鑑を探した。この学校の図書室には司書などという洒落《しゃれ》たものはいない。検索用のパソコンも置いてない。図書委員が詰めているのは昼休みと放課後だけなので、授業中の今はそれもいない。本を探すなら自力でやらなければならない。私達以外にも調べものをしている生徒が何人もいる。必要な本が被《かぶ》り、先に持っていかれたら面倒が増える。

図鑑コーナーから本のタイトルを調べ、七冊中三冊ほど足りなかったが、四冊はあった。我が校の図書室の規模を思えば上々の結果だ。一冊、二冊、三冊と抜き出し、四冊目の一際分厚い図鑑が一番高い棚の隅にあった。私の身長でも届かない。椅子を持ってきてようやく本の端に指の先が触れ、どうにか引きずり出せないかと力を入れたが、きっちりとはまっているせいで出てこない。爪先《つまさき》立ちで背伸びし、本を掴み、じりじりと引っ張り、もう少し、と力を入れると「ぽん」と音を立てて本が抜けた。唐突に本が抜けたせいで私の上体は後ろへと倒れこみ、バランスをとることなど到底できず、一緒に抜け出た図鑑が数冊、私の顔に向けて落ちてきて、思わず目を瞑《つぶ》り、痛みと衝撃を覚悟して歯を食いしばり……なにも起こらなかった。背中を打つこともなく、顔に本がぶつかることもない。

私は恐る恐る瞼《まぶた》を開き、すぐそこに犬吠埼珠の顔があったことに驚いて顔を上げ、額と額をぶつけ合って「ぐう」と唸《うな》った。犬吠埼珠は小さく悲鳴をあげ、額《ひたい》を押さえてうずくまり、肩を震わせている。

私は周囲を確認した。抜け落ちた図鑑が机の上に重ねてある。椅子は倒れていない。なにが起きたのかよくわからない。恐らく犬吠埼珠に助けてもらったのだろう。それにしても運動神経の鈍い犬吠埼珠がよく助けられたものだ。

「犬吠埼さん」

「は、はい」

「ありがとう」

「ど、どういたしまして」

犬吠埼珠は頬《ほお》を赤らめ、右手を頭の後ろに当てて俯《うつむ》いた。照れているようだ。私は、わかっているはずだったこの女がよくわからなくなってきた。

他の授業の時間も、体育の時間も、犬吠埼珠はいつもの犬吠埼珠だった。数学の先生は犬吠埼珠に質問を振らず、まるでいないかのように扱う。体育のバスケットボールでも、ボールに触れることなく無駄に走り回って肩で息をしている。先生もクラスメイトも、皆、犬吠埼珠の方を見ることはない。犬吠埼珠を見ているのは私だけだ。

見れば見るほどいつも通りの犬吠埼珠だ。なのに、どこかが違っている気がした。具体的にどこが違っているのか。頭が良くなっているわけでもない。運動能力が上がっているわけでもない。違っているのは、行動、動きだ。結果を伴うことこそないが、今までよりも積極的に動いている。

バスケットボールでは結局ボールに触ることこそできなかったが、今までの犬吠埼珠はすみっこの方で動いているふりをするだけで前に出ようとはしなかった。今日は無駄ではあるけれど、息が切れるくらい走り回っていた。

自信が感じられた。おどおどしていて、びくびくしていて、私が普通に話しているだけでも怯えているように見えるけど、それでも前とは違っている。

授業を受けながら、パスを回しながら、友達と話しながら、掃除をしながら、通学路を歩きながら、風呂に入りながら、夕食のハンバーグを六つに分けながら、シャワーを浴びながら、歯磨きをしながら、ドラマを観ながら、私は犬吠埼珠のことを考え、ベッドの中で一日中犬吠埼珠の事《こと》ばかり考えていたことに気付き、がっかりして布団を被った。

翌日は学級活動の時間がなかった。そのため校外学習をしなければならないこともなかったが、私は放課後図書館前で待ち合わせることを犬吠埼珠と約束した。今日は塾もないし、校外学習なんて早く終わらせたいからと自分に言い聞かせ、それが本当の理由か怪しいということを自覚しながら気付かなかったことにした。一緒に歩くのが嫌だから連れ立って図書館に行かず待ち合わせをする、とまるで言い訳のように予定を決めた。

放課後、図書館横駐輪場隣のベンチへ向かった。待たされるのは嫌で、待たせるのは借りを作るようで嫌だった。途中途中、スマホで時間を確認しながら速度を緩めたりして調節しつつ、時間ぴったりに到着した。犬吠埼珠は一人ベンチに座り、スマホとにらめっこをしていた。私は声をかけるのが面倒で、向こうが気付くよう殊更《ことさら》足音を大きく、ざくざくと砂利《じゃり》を踏んで歩いたが、犬吠埼珠はちらとも顔を上げずスマホに向かっている。腹立って、というか意地になって、私は声をかけず近寄り、後ろに回ってスマホの画面を覗《のぞ》き込んだ。なにをしているのかと思えば「魔法少女育成計画」だ。完全無料を謳《うた》い文句にしているソーシャルゲームで、資金力の無い小学生や中学生はこぞってプレイしていた。私もプレイしている。犬吠埼珠がプレイしているとは知らなかったが、プレイしていてもおかしくはない。クラスのすみっこで流行とは無縁の場所に生きているような人間でもやっている、それくらい誰もがプレイしていた。

「あっ」

声が出た。犬吠埼珠が顔を上げ、慌《あわ》ててスマホを仕舞おうとし、私は彼女の腕をとってさせなかった。画面を指差し、震えそうになる声で問いかけた。

「この、レベル欄の魔法陣マーク……ひょっとして、これ、カンストしてる？」

「うん……あの、『魔法少女育成計画』、知ってるの？」

「知ってるしやってる。ちょっとステータス見せてもらっていい？」

「い、いいよ」

なんとなく見覚えのある犬耳のアバターは、可愛らしい外見に反してステータスがごつかった。レベルは上限に達し、ただでさえ高い攻撃力、防御力、HP、全てに強力な上方修正が加わっているのはアイテムによるものだろうか。装備欄をチェックすると、噂でしか聞いたことのないレアアイテムがズラリと並んでいた。

「なに、これ？」

「えっ……『魔法少女育成計画』、だよ」

「そんなの知ってる！　なんでこんなにレベルが高いかって聞いてるの！」

「それは……いっぱいやってるから」

「いっぱいやってる」というなら私や私の友達も間違いなく「いっぱいやってる」プレイヤーだ。それでもレベルは犬耳魔法少女の半分にも満たないし、アイテムは全然揃っていない。無課金オンリーなのだから、あとはプレイ時間とクリア効率の問題くらいだ。

私は思い出した。犬耳魔法少女に見覚えがあったわけだ。犬吠埼珠が持ってきた「レジュメ」の最終ページに描かれたイラスト、あれにそっくりだった。

「犬吠埼さん」

「な、なに」

「フレンド登録……してもらってもいいかな？」

館の閉館時間が過ぎてしまったため、資料探しは明日ということになった。

それから陽が落ちて周囲が暗くなるまで「魔法少女育成計画」について話しこみ、図書

「えっ、いいの？」

「どうやってそこまでレベル上げたの？」

「それは……夜とか頑張って」

「三時間睡眠とか、そういうの？」

「うん。寝ないで、とか」

「そんなの無理でしょ……」

「でもみんなやってるから……」

私は諦《あきら》めた。人間ほどほどが一番だ。この手のゲームで頂点を極《きわ》めるようなものは人間ではなく化け物なので争う相手と見做《みな》さない。「魔法少女育成計画」はあくまでも趣味として遊ぶ、そう決めた。ちょっとしたプレイのコツや割りの良い稼ぎ場所を珠から教わり、夜になればクエストに付き合わせてレベルアップとアイテム発掘に精を出し、昼は昼で通常の勉強や友達付き合いに加えて校外学習の方も進めなければならない。学級活動の時間だけでなく、放課後の空《あ》いている時間も資料集め、レポート製作に費《つい》やさなければならない。

植物や土壌の方が楽だったかもしれない。地層の変化を考える、なんて適当にそれらしく予想すればいいだろう、とそちらを選んだのに。などと後悔してももう遅い。塾がない日は放課後を丸々潰《つぶ》し、図書館で調べ物をしたり、書き物をしたりする。

「図鑑に付箋《ふせん》貼っておいてくれた？」

「はい、これ」

「あとそれぞれの特徴についてメモったのは」

「はい、これ」

「ねえ、これ……土の味って、あんた」

「噛んでみたけど……ダメだった、かな？」

「いや、独自性があるのはいいかもしれないけど……あと断層の写真は？」

「それは実際行って撮らないと……」

「えっ、実際行って撮らないとダメなの？　郷土史の資料に何枚かあったはずだけど」

「ダメだと思う……たぶん」

面倒臭い話が加速した。私は溜息《ためいき》を吐《つ》き、珠の両眉が申し訳なさそうに下方向を向いた。

「ああ、もう。そういう顔しないでよ。私まで嫌な気持ちになるでしょ」

「ごめん……あのう、すぐ行ってすぐ帰ってくれば時間もかからないから」

私は片眉《かたまゆ》をついと上げた。少し、ほんの少しの違和感を覚えた。犬吠埼珠とコンビを組むはめになり、犬吠埼珠について考える前だったら違和感はなかったかもしれない。今の私は、以前の私に比べて犬吠埼珠のことを知っている。しばらく考え、頷《うなず》いた。

「それじゃすぐ行こう」

「え、今？」

「ここは切り上げて、戻ってきてから再開すればいいでしょ」

私は立ち上がり、珠は黙って後ろについてきた。足取りに重さがない。我《われ》ながら相当に唐突な申し出だったけれど、珠は嫌だとは思っていない。「すぐ行ってすぐ帰ってくれば」という言葉もそうだ。珠の性格を考えれば「あなたがそんなに行きたくないのであれば、私一人で行きます」といいそうなものなのに、そうではなく、私が一緒に行くことが前提になっていた気がする。

駐輪場で私と珠は前後を入れ替えた。珠が先に行き、私が後から追う。珠は具体的にどこで地層の写真を撮るかプランがあって、行き先は既に決めてあるのだろう。そして、どうやら私をそこに連れていこうとしている。まさか人のいない場所で息の根を止めようというのでもないだろうに、いったいどういうつもりだろう。三分《さんぶ》の苛立《いらだ》ち、七分の好奇心に背中を押され、着いた先は数珠山《じゅずやま》だった。明将山《めいしょうざん》でもなければ高波山《たかなみやま》でもなく船賀山《ふながやま》でもない。県内どころか市内の中で下から数えてトップ5には入る小さな山で、こんな場所で断層の写真を撮ったとしてもそれはそれはしょぼいものになってしまうのではないか。

「ねえ、本当にここでいいの？」

「うん」

自転車を停め、歩き、すぐ山頂に着いた。子供の遊び場程度の大きさしかなく、しかしウルシが群生しているため子供の遊び場としても不適格で、ただの誰も入ることがない小さな山だ。こんな所に断層と呼べるようなものがあるわけがない。

「で、断層どこよ」

「ちょっと待ってね」

珠は周囲を見回し、茂みをかき分け、手招きをした。

「ウルシとかあったりしない？」

「大丈夫だよ」

なにがあるというんだろう。招かれた方へ向かい、珠が指差す先——彼女の足元を見た。

そこには木の葉が山盛りになっていた。

「なにこれ」

「ちょっと待ってね」

木の葉をどけると盛られた土が現れ、土をどけると、側溝《そっこう》に被せたりする金属の蓋《ふた》……確かグレーチングとかいったか、それが現れ、珠はグレーチングを引きずって外そうとし、私はそれを手伝い、二人で両端を持って脇にどけた。後には大きな穴が現れた。

直径は一メートルくらいだろうか。恐る恐る上から覗いてみると、中には縦横に数本の鉄パイプが刺さっていて鉄格子《てつごうし》のようになっている。底は、見えない。

「大丈夫だとは思うけど……うっかり誰かが落ちないようパイプで蓋をしておいたんだ」

「うん、それは理解した……で、この穴はなに？」

「掘ったんだよ」

「えっ？　掘ったって、珠が？　これを？　一人で？」

「うん……穴を掘るの好きだから」

私は上に覆《おお》い被せてあった土砂《どしゃ》の中から小石を一粒摘まみ、穴の中に落とした。鉄パイプの隙間をすり抜け、小石はすぐ見えなくなり、そして底で跳ねる音は聞こえなかった。

これは恐ろしく深い穴だ。

「……ボーリングでもやったの？」

「ううん？　あれ、苦手だから……ガーターばっかりで」

「いや、そうじゃなくて……この穴、どうやって掘ったの？」

「頑張って掘ったよ」

私は目をしばたかせ、眉の間を右手で揉《も》み解《ほぐ》し、もう一度穴を覗き、今度はスマホで中を照らしてみたが、やはり底は見えなかった。私は珠に向き直った。珠はなにかを期待するような表情で私を見ていた。

「これ、本当に……本当に珠がやったの？」

「うん」

バカだと呆《あき》れるべきか、狂ってると恐れるべきか、それとも他にとるべき反応があるのか。私は両膝に手をつき、下に向けて深々と息を吐き、顔を上げた。私はなにを思っているのか。なにも持っていないと決めつけていた相手に恐るべき才能があった。真似しろといわれても私は無理だし、他の誰でも無理だと思う。ならばいうべきことは一つしかない。

「珠……あんたすごいわ」

珠の表情がパッと輝き、私は彼女がなにを期待していたのか理解した。珠は、褒《ほ》められたかったのだ。だからこそ私にも一緒についてきて欲しかった。この穴を見てもらい、この穴の凄さを知ってもらいたかった。私は珠の頭に手を置き、くしゃくしゃと撫《な》でた。珠は嬉しそうに笑った。

「この穴なら地層の写真、撮ることできるよ」

「でも危なくない？　どうやって降りるのか知らないけど、うっかり落ちたら死んじゃうだろうし……それにガスが溜まってたりとか」

「大丈夫だよ。それは、その……プロだから」

あんたは中学生であってプロじゃない、とはいえない。一人でここまで深い穴を掘り進めた彼女をプロと呼ばずしていったい誰をプロと呼ぶというのか。

「そういえば、掘った土はどこにやったの？」

「大丈夫、ちゃんと始末したから」

プロならではの始末方法があるのだろう。

「あ、でも面白そうなのはとってあるよ」

「面白そうなの？」

珠を手伝い、グレーチング、土、木の葉と元の状態に戻し、茂みの奥から出て時計回りで土の壁を伝い、少し歩いたところで珠は足を止めた。壁の一部を足で蹴り、土を落とし、下にあったグレーチングを外すと横穴が空いていた。

「あんたグレーチング好きなの？」

「グレーチングってなに？」

「……まあいいや、それでなにが出てくるの」

「色々、だよ」

おかしな形をした茶色の石が出てきた時、私は肩が落ちるかと思うくらいがっかりした。

その次に同じような石が出てきたのを見て首を傾《かし》げ、三つ目の石を見て縄目《なわめ》に気付いた。

「これ、ひょっとして……土器の欠片《かけら》？」

次に出てきたのは綺麗な渦巻を描いた掌《てのひら》サイズの石で、これはひょっとしてアンモナイトの化石というやつではないだろうか。なにかの牙のようなもの、ひょっとしたら恐竜の牙の化石？　ぽいものが出てきたり、太腿《ふともも》かどこかの骨と思《おぼ》しき化石が出てきたり、他にもざらざらと出てきて、最後は一抱えもあるアンモナイトで締めた。土器やアンモナイトや恐竜の牙、かなり年代がごちゃごちゃに混ざっている。珠がどれだけ深く掘り進めたのか、これだけ見てもよくわかる。

「これ……全部出てきたの？」

「うん。穴を掘る時に邪魔で……でもいつか役に立つかもって思ってとっておいたんだ」

ひょっとして、もなにもない。これは断層や地層以上に価値がある。

「いけるかもしれないよ、これ、マジで」

「いける……いけるってなにが……？」

「マジでいける。マジだよ」

「う、うん……そうなんだ。やったね」

「そうだよ。やったよ」

よくわかっていないらしい珠と手を取り合って笑い、私達は自転車で図書館に戻った。

私は気分が高揚《こうよう》していた。絶対に駄目だ、救いようがないと思っていたコンビが、期待されていないところから奇跡の逆転を見せるという映画や漫画のような展開が現実に起ころうとしている。先生も、クラスメイトも、皆、驚くだろう。私の友達も——と思い浮かべたところでハッとした。もし成果発表で選ばれれば、私は珠と二人で全校生徒の前に立って自分達の研究について話すことになる。そうなった私を見て、私の友達はどう思うだろう。私はどう思われるのだろう。

犬吠埼珠というクラスの除け者と仲良くやっているおかしな子に見えるのではないか。私達と一緒にいるよりその子と一緒の方がいいんでしょ、なんていわれたりはしないか。そうなった時、私はクラスの中で誰からも相手にされなくなって、それで――そこから先は考えたくない。班決めの時も、柔軟体操の時も、誰もが私を無視する。そんなのは嫌だ。

私は自転車を停め、後ろを走っていた珠は通り過ぎ、二メートル先で停車、不思議そうな顔で振り返った。私は掌をひらひらと振ってみせた。今なにを考えていたのか、彼女に悟《さと》られることが嫌だった。

図書館に戻り、私と珠は再び資料に向かい合った。珠は真面目くさった顔で分厚い資料集の頁を捲り、私はそれを見ながら足音を殺して遠ざかり、駐輪場へ早足で駆け、立ち漕《こ》ぎで家に帰った。

家に帰るなりベッドに倒れこんだ。仰向《あおむ》けになって天井を見上げながら思うことはネガティブなことばかりで、私の気分は瞬《また》く間に重く暗く打ち沈んでいった。嫌だ、ごめんだ、そうはなりたくない、次々に思い浮かぶのはコールタールのようにどす黒く粘っこい未来だ。

調子に乗り過ぎていたことを自覚した。「とびきりの大成功」はまずい。「失敗はしなかった」くらいが一番良い。他の校外学習の中に埋没《まいぼつ》して、行事が終わってしまえば誰も覚えている者はいなくないくらいの、空気のような研究でいい。

化石の発掘は、やり過ぎだ。私が他の生徒や教師の立場だったら、正直ちょっと引く。地層の研究なら、まあ程《ほど》良いところではないか。珠には元々化石群を世に出すつもりはなかったらしいし、秘めたままにするといっても文句は出ないだろう。

私は身体を反転させ枕元《まくらもと》のスマホを手に取った。時間は五時五十分。私は目を瞑り、ぎゅっと痛くなるまで力を込め、瞼を開いた。ぼやけている。時刻表示は五時五十一分になっていた。

刻一刻と時間が経過していく。私は珠の電話番号を知らない。メールアドレスも知らない。急用で先に帰ってしまった、そう伝えることはできない。眺めていることが嫌になってスマホを枕元に投げた。スマホを握っていた手がじっとりと湿《しめ》っていた。私は布団を被って丸くなった。大成功をしてはいけない。よくわかっていないなりに、私の「いけるかもしれない」という言葉に喜んでいた珠の笑顔が頭に浮かび、私は布団を巻きこみベッドの上を転がった。キャンディの包み紙のようになって布団に包まれ、私は息苦しさに身動《みじろ》ぎした。大成功してはいけない、大成功してはいけない、と呪文のように唱《とな》え——布団が剥《は》ぎ取られ、私は眩《まぶ》しさに竦《すく》んだ。

「あんたなにやってんの」

母が私を見下ろしていた。私は顔を顰《しか》めた。

「部屋に入るならノックしてよ」

「妙な声出さないでよね」

肩をいからせ出ていった母は力任せにドアを閉め、衝撃と音で私はベッドの上で跳ね、スプリングに飛ばされて腰を壁にぶつけた。痛みに喘《あえ》いで腰をさすり、壁掛け時計の時刻を見るともう六時半になっていた。図書館の閉館時間は七時。今から行っても珠は帰ってしまっているだろう。

私はどうして一人で帰ってきてしまったのだろう。一緒にいることができなかった。だから彼女を置いて、黙って家に帰った。珠はとても嬉しそうだったし、私もきっと嬉しそうだった。まさか私が一人で黙って家に帰るなんて珠は思ってもみなかったはずだ。それを知った時、どんな顔をしただろう。寂しそうな顔か、悲しそうな顔か、つまらなさそうな顔か。きっといつもと同じ顔だったんだろうと思う。

私は寝転がり、再び天井を見上げた。クリーム色の壁紙は、長年蛍光灯《けいこうとう》に晒《さら》されて汚い黄色に変色してしまっている。もう少し暗い色の壁紙にすればいいんじゃないか、と父母が話し合っていたことを思い出す。結局母が自分の趣味を押し通した。

私は身体を起こし、右手でスマホ、左手でジャケットを掴《つか》みとって立ち上がった。階段を駆け下り、背中に浴びせられる母の声を無視して玄関から飛び出した。

七時十分。陽は落ちた。閉館時間は過ぎている。人はちらほらいるが、珠らしき人影はない。もう帰ったのだろうか。まだ近くにいるだろうか。私は中央公園の噴水前を通り、球技場を抜け、裏手の茂みに向かった。通り過ぎる人の顔を確認するが、珠はいない。人通りはどんどん少なくなっていく。確認する手間はなくなるが、やはり珠はいない。

「ねえ」

振り返ると高校生くらいの男の人が三人。

「私ですか？」

自覚して出したわけではないのに声が硬い。三人はにやついていた。髪は茶や赤に染めている。服の色使いは原色の赤だったり緑だったりと派手派手しい。これは、ナンパだ。今の私にはまるで用事がなかった。中学生ナンパしてんじゃねーよと思ったが、心に反して身体は緊張していた。三人はゆっくりと私に近寄る。

「どうしたの？」

「なんかうろうろしてるみたいだったけど」

「退屈してるんなら遊びに行かない？　車あるから海行けるよ。朝焼け綺麗だよ」

「すいません、今友達を探しているんです」

声はどうしようもなく硬かった。

「だったら俺達も探すよ」

「手伝ってあげるからさ」

「友達見つけたら友達も一緒に遊ぼうよ」

周囲を見回したが人影はない。男達は徐々に近づいてくる。

「すいません、本当忙しいんで」

「手伝えば忙しさも半分くらいになるじゃない」

「いや、三人いるから四分の一になるね」

「三人なら三分の一じゃねーの？」

「お前小学生からやり直せよ」

「すいません、本当に急いでますんで」

隣を通り過ぎようとしたが、腕を掴まれた。

「そんなの逃げるみたいじゃん」

「別にとって喰いやしないよ」

「離してください」

「そんなこといわずに、みんなで探せばいいじゃない」

「そうそう」

話が通じる気がしなかった。私はそれでも説得しようとし、とんと尻餅《しりもち》をついた。

男に押されたのかと思ったが、そうではなかった。私の目の前、男から私を遮《さえぎ》るような位置に女の子がいた。女の子は腕を大きく伸ばして私の前に立ち、私は立ち上がろうとして身体が「くの字」に折れた。衝撃と驚きで呼吸が止まり、男達三人の驚いた顔が瞬く間に遠ざかっていく。男達の姿が見えなくなり、速度が衰《おとろ》えていき、やがて止まり、私はイチジクの木の根元に下ろされた。

見上げると顔があった。街灯に照らされ、逆光でよく見えない。だが少女であるということはわかる。犬耳のついたフードを被り、肉球のついた手袋をして、水玉のタイツを穿《は》いていた。それは私の知っている魔法少女アバターにそっくりだった。

犬耳の少女は両手両足を使って犬のように駆けていき、私は声をかけることさえできずに見送った。彼女は私より小柄だった。そんな体格で私を引っ掴み、男三人が呆然《ぼうぜん》と見送るしかない速度で走って逃げた。私は、ソーシャルゲーム「魔法少女育成計画」にまつわる、ある噂を思い出していた。何万人かに一人の割合で、ゲームをしていると魔法少女になってしまう、という噂を。

足音が近づいてくる。私はへたりこんだまま足音の方へ身を向けた。等間隔で設置された街灯に照らされ、珠の顔が明るく、そして暗く、また明るくと色合いを変化させながら私の方に走ってきた。

「大丈夫？　千尋ちゃん」

私は頷き、差し出された手をとって立ち上がった。

「……ありがとう」

「え、あの……その、別になにもしてないよ？」

「ああ、うん。じゃあごめんなさい、だね。黙っていなくなってごめんね」

「いいよ、別に。だって戻ってきてくれたもの」

私は街灯を見上げ、仲良しグループの友達の顔を一人一人思い浮かべた。客観的に見て、誰が一番性格と底意地が悪いかといえば、それは私だろうと思う。だったらまず大丈夫だろう。

「ねえ」

「な、なに？」

「明日のお昼ごはんなんだけどさ」

「うん」

「私達と一緒にお弁当食べない？」

「えっ……う、うん！」

私がすべきこと。

珠を紹介すること。校外学習で成果発表を狙うこと。あわよくばアンモナイトで一儲けすることそして「魔法少女育計画」で珠と同じ高みを目指すこと。もし私が魔法少女になったりしたら、珠も驚くだろう。驚いた珠の顔を想像すると楽しくなってきて、自然と笑みが零《こぼ》れた。

インタビュー・ウィズ・スイムスイム

スイムスイムが魔法少女になって
しばらくした頃のお話です。

Anime ネタバレメーター

12

アニメ**第12話**を観てから読むとちょうどいいぽん!

本書のための書き下ろしです。

――本日は、新人魔法少女として活躍著《いちじる》しい、魔法少女「スイムスイム」さんのインタビューにお伺いしております。スイムスイムさん、本日はよろしくお願いいたします。

「よろしく」

――まずは一つ目の質問を。ご自身の魔法少女としての姿をどう思われますか？

「失敗した」

――えっ？

「失敗した」

――失敗した……とは？

「飾りつけ過ぎて狭い入口でひっかかることが多いのと、せっかく羽をつけたのに空を飛ぶことができないのと、身体が大き過ぎてバランスが悪いといわれるのと、白いと夜でも目立つから隠れることが難しいのと」

――随分とまた……色々ありますね。

「よくいわれるから」

――そうですか……逆に、ここが気に入っているというところはありますか？

「かわいいところ」

――できれば、もう少し具体的にお願いします。

「具体的ってなに？」

――こう、髪がキューティクルとか、笑顔がキュートとか。

「髪がキューティクルで笑顔がキュートなところ」

――……え？　あ、はい。そこが気に入っている、と。

「気に入ってる」

――そうですか。はい。教えていただきましてありがとうございます。

「どういたしまして」

――質問変えましょう。もっとこう根本的な部分を先にお聞きすべきでしたね。

「うん」

――では、あなたが魔法少女になったきっかけを教えてください。

「『魔法少女育成計画』」

――魔法少女育成計画？

「ゲーム」

――はあ、ゲーム。

「『魔法少女育成計画』をしていたらファヴが出てきて魔法少女になった」

――ゲームをしていたらマスコットキャラクターが現れて魔法少女になった……ということですか。なにかこう、どこかで話が省略されているような。

「『魔法少女育成計画』で魔法少女になった」

――ああ、はい。ではそういうことで話を進めましょう。「魔法少女育成計画」を始めた理由は、やはり魔法少女に興味があって？

「別に」

――あれ？　魔法少女がお好きじゃない？

「お姫様の方が好き」

――ああ、そっちですか。

「アバターとコスチュームの組み合わせで殺人鬼にもレースクィーンにも陶芸家《とうげいか》にもお姫様にもなることができるって広告が出てたから。あとお金がかからないって」

――確かにお姫様もいいですよね。

「うん」

――綺麗だったり可愛らしかったりしますしね。

「うん、うん」

――あれ？　でもそのコスチューム、あんまりお姫様感がないような。

「ゲームの初期アバターそのままだから」

――ほほう、そんなことが……あれ？　でもお姫様にもなることができるというフレーズに惹《ひ》かれて「魔法少女育成計画」を始めたんですよね？　だったら初期アバターももう少しお姫様寄りにできたんじゃないですか？

「事情がある」

――どういう事情でそうなるんですか。

「白はお姫様の色で、選べる中ではこれが一番白いところが大きかった」

――なるほど、その個性的なコスチュームにはそんな誕生秘話があったんですね。

「パーティー全体に魔法防御アップの特殊効果があったのも気に入った」

――あ、ちゃんとゲームの方も考慮されていたんですね。

「常時バフは強い」

――そ、そうですか……では次の質問にいきましょう。普段の魔法少女活動で心がけていることがあれば教えてください。

「リーダーの命令には従うこと」

――リーダー？　チームを組んでいるんですか？

「うん」

――単独行動が多いといわれる魔法少女でチームとは珍しいですね。

「力を合わせて頑張れば強敵を倒すことができる」

――なるほど、ゲームをきっかけにして魔法少女になったスイムスイムさんらしいですね。

「それほどでもない」

――皆さん仲がよろしいんですか？

「それほどでもない」

――えっ？　仲悪いんですか？

「うん」

――そ、そうですか……いや、でも仲が悪いのにチームを組んでいられるって逆にすごいと思いますよ。普通、仲が悪かったらチームにならないですから。

「リーダーのおかげ」

――先程からリーダーアピール強いですね。

「名前はルーラ」

――えっ、名前出しちゃって大丈夫ですか？

「隙《すき》あらば名前出しとけっていわれてるから」

――あ、はい。

「インタビューを受けるっていったら、名前を出すのとリーダーのおかげアピールは絶対にやっておけって」

――ルーラさんから命令されたんですか？

「うん」

――いや、それは黙っていた方がいいような。

「そうする」

――もう遅いですけどね……。一緒に活動しているチームには、他にどんな人がいるんですか？

「双子の天使と犬」

――フランダースの犬最終話みたいな組み合わせですね。どういった方達なんです？

「どいつもこいつも使えない愚図ばかり」

――えっ。

「と、ルーラがいってた」

――えええ……それもいうように命令されたんですか？

「ううん」

――じゃあいわない方がいいですね……ルーラさんではなくスイムスイムさんがどう思っているかを教えてください。

「いい子ばかり」

――すごく空々《そらぞら》しく聞こえる……ちょっと質問を変えましょう。ええと、実際に魔法少女になってみて意識が変わったこと、なんてあったりしますか？

「意識が変わったこと」

――些細《ささい》なことでもかまいませんよ。

「うん……私の魔法はどんなものにも潜《もぐ》ることができる」

――おお、便利そうな魔法ですね。

「魔法少女になったばかりの頃、魔法を使って色々な場所に潜った」

――いいですね。楽しそう。

「色々な場所に潜って、次は山に潜ろうと思った」

――ほう、山ですか。

「山に潜ったら楽しいと思った」

――潜り甲斐《がい》ありそうなサイズですもんね。

「山の中を泳いで、泳いで、ずっと泳いだのに外に出ることができなかった。山は思っていたよりもずうっと大きかったから」

――それ、大丈夫だったんですか？

「大丈夫じゃなかった」

――えっ。

「山を横に進むのは無理だと思ったから、私は上に進むことにした。苦しくて、息をしたかったけど、息ができなくて、頭がくらくらして、胸が苦しくなって、目の前が暗くなっていった」

――大変じゃないですか。

「その時はなにが起こったのかわからなかったから後で調べた。あれは意識が遠のいているということだとわかった。だから意識が変わる話」

――いや、意識が変わったってそういうことじゃないですよ。それでスイムスイムさん、どうなったんですか。今ここにいるということは助かったんでしょうけど。

「途中で山の中の洞窟に出た」

――ああ、それで。良かったですねえ。

「助かった。もう山を潜って抜けようとするのはやめた」

――それでいいと思います。危ないことはしちゃ駄目ですよ。

「うん」

――逆に、その魔法をどんなことに役立てているか、教えてもらえますか?

「ハロウィンの時に人を驚かせた」

――なるほど、他には?

「近道しようと思って壁の中に入ったらすぐ近くに人がいて驚かせた」

――それ、役に立ったっていうのかなあ。

「お寺の中に集まっている人達を驚かせて追い払った」

――すいません、驚かせた以外でお願いします。

「意識が遠のくということがどういうことなのかわかった」

――それさっきの話じゃないですか。そうじゃなしに、もっとこう人助けをすることができたとか、九死に一生を得たとか、そういうドラマチックなやつはないです？

「……これから頑張る」

――ああ……ええ、それは素晴らしいですね。応援してます。

「ありがとう」

――もう次いきましょう、次。魔法以外に特技があったら教えてください。

「水泳を習ってる」

――お、スイムスイムさんだけに水泳を。

「英語とどっちにしようか迷ったけど水泳にした」

――グッドチョイスでしたねえ。

「走るのも得意。クラスで一番速い」

――意外と肉体派ですね。

「パンチとキックも強い」

――ほうほう。

「お姫様は乱暴なんてするもんかといっていた田中《たなか》君を叩いたり引っ掻いたりして黙らせた」

――田中君、割と正しいことといってる気がします。

「オウゾクはコッカをマモルためにタタカイカタを覚えていなければならない、それがオウゾクのギムって本に書いてあった。お姫様もオウゾクなんでしょう？」

――それは、まあ、そうなのかもしれませんが。

「田中君を叩いたことを先生にいいつけた宮沢《みやざわ》さんもやっつけた」

――やめましょうよ、争いのループを延々と繋げていくの。

「ルーラもそういってた」

――ルーラさん、初めて良いことをいってくれましたね。

「お姫様は騎士や将軍と違って直接戦ったりしない。宮廷でのドロドロとしたケンボウジュッスウ、マキャベリズムこそがお姫様の生きる道なのよって教えてもらった」

――前言撤回しておきます。では次の質問を。憧れていた魔法少女がいたら教えてください。

「ルーラ」

――いやいやいや、まさかの名前が出てきましたね。この流れでその名前が出てくるのはすごいことだと思いますよ。

「ルーラ」

――聞いてます、聞こえてます。

「ルーラは尊敬すべきリーダー」

――ああ、なるほど。ひょっとしてこれも「言え」と命令されてたりします？

「ううん」

――はい、そうですね。そういうことにしておきましょう。スイムスイムさんはルーラさんのどんなところに憧れを感じていますか？

「強くて優しくて格好良くて可愛らしくて綺麗でなんでも知っていてなんでも教えてくれるところ」

――それも「言え」と命令された……？

「ううん」

――ああ、はい。そういうことにしておきましょう。

「あとは、お姫様なところ」

――ルーラさんはお姫様なんですか？

「すごくお姫様」

――すごく、ですか。というかさっきからスイムスイムさんのお姫様推《お》しすごいですね。

「お姫様だから」

――拘《こだわ》りますねえ、お姫様。なにか特別な理由があったりします？

「小さい頃からずっとお母さんに絵本を読んでもらって、お姫様の出てくるお話が好きだった」

――なるほどなるほど絵本由来と。ひょっとしてアニメの方も魔法少女よりお姫様ですか？　白雪姫とか、シンデレラとか。

「全部見た」

――やっぱり。あ、でも魔法少女でもお姫様設定があったりしますよ。マジカルデイジーとか花の国のお姫様だったりしますし。

「マジカルデイジー……知らない」

――じゃあチェックしておかないと。面白いですよ、マジカルデイジー。お勧めです。

「何曜日の何時にやってるの？」

――放送はもう終わってますからＤＶＤのレンタルで……。

「借りられない」

――え？　どうして？

「会員証が作れないから」

――それは……困りましたね。

「貸して」

――え？　私がですか？

「貸して」

――うーん……たぶん広報部門の倉庫に全巻あったと思いますけど。

「貸して」

――けっこう強引ですね。まあいいです、私としてもマジカルデイジーの新たなファンを生み出すことができれば嬉しいですから。あとで送っておきますよ。

「ありがとう」

――それでは最後の質問を。あなたにとって、魔法少女とは？

「ルーラ」

――ああ、はい。ルーラさんね。リーダーの人。

「うん」

――それも、また「言え」と命令を――

「ううん」

――ええ、はい、そうですよね。

「うん」

――なんでしょうね。このインタビュー、スイムスイムさんよりもルーラさんの人間性が明るみに出てしまったような気がしなくもありません。

「ルーラのことは良く書いて」

――いや、まあ、そんな悪口書いたりとかしませんよ。

「ルーラは弁護士の知り合いがいるっていってた」

——いや、本当に悪口書いたりはしませんよ……発言削ったり修正したりしないと魔法少女相手のインタビューなんて基本世に出せないものになっちゃいますし……その辺は配慮しますよ、ええ。

「ありがとう」

——ではスイムスイムさん、最後に一言お願いします。

「ルーラチームは新しいメンバーを募集しています。経験不問、新規歓迎、実働時間要相談。魔法少女なのでお給料は出ませんが、あなたのスキルアップを手助けすることができます。活躍の場を求めている魔法少女のあなた、ルーラチームで次のステージに進みませんか？」

——なんでメモ帳持ってるんだと思ってたけど、そんなことが書いてあったんですね。

「うん」

——ルーラさんに「宣伝してこい」と？

「いわれた」

——お疲れ様です。

「まだある」

——まだ？

「新人魔法少女へのインタビューということで今回はスイムスイムに譲《ゆず》るけど、本来インタビューを受けるべき最も優れた魔法少女はルーラだから」

――はあ。

「次インタビューが必要になったらここに連絡して、って」

――はい。ありがとうございます。お疲れ様です。

「疲れてはいない」

――スイムスイムさん、今日はありがとうございました。

「ありがとうございました」

◇◇◇

――こんばんは、森の音楽家クラムベリーさん。

「こんばんは。『魔法の国』の広報誌の記事にするため、有望な新人魔法少女にインタビューをしていると聞きました」

――ええ。

「不思議ですね。責任者である私がそんな話を聞いていません」

――そうなんですか？

「そうなんですよ。それにですね。彼女、スイムスイムはまだ魔法少女候補生であって正式に試験を通って本採用されたわけではありません。優れた素質を持ってはいるかもしれませんが、未だ仮免《かりめん》程度のものでしかないのです」

――あれ、そうだったんですか。

「ええ」

――申し訳ありません。どこかで情報の行き違いがあったのではないかと……。

「マスコットキャラクターがいい加減な仕事をしたのかもしれませんね。危なっかしい。で、今回の企画に関する全ての物はこちらでお預かりします。企画は終了。これ以上首を突っ込まれては困ります。今回のプロジェクトは人事部門が極秘裏《ごくひり》に行っているものですから……あなた、話を聞いていますか？」

――まだ仮免ということなら仕方ないですね……面白いインタビューになりそうだったのに。

「これで全部ですね？」

――はい。これで全てです。

「隠していたり、なんてことは……」

――ありませんよ。昔から隠し事というやつがどうにも苦手で。

「それは良いことです」

――で、一つ相談なんですが。

「なんです？」

――新人魔法少女へのインタビュー記事がぽしゃったんで誌面に穴が空《あ》いたんですよ。それでですね。「凄腕《すごうで》試験官に聞く！　魔法少女になるにはこれが重要！」というインタビュー記事に差し替えればいいじゃないか、そう思いまして。というわけでクラムベリーさん、ぜひとも……ちょっとクラムベリーさん。話終わってませんよ。クラムベリーさーん。

あとがき

遠藤浅蜊と申します。何卒よろしくお願いします。

おいおい、どうしたんだよいつものノリは。俺とあんたの仲だろ、もっとフランクにしてくれていいんだぜ？　という方がいらっしゃるかもしれませんが、ここはあえて硬めに挨拶をさせていただきます。

理由は二つあります。

一つ目はお詫びしなければならないことがあるからです。先日、『魔法少女育成計画』の最新作、『魔法少女育成計画ＱＵＥＥＮＳ』が発売延期となってしまいました。だいたい私のせいです。楽しみにしていただいていた皆様、誠に申し訳ありませんでいた。より高いクォリティーを目指し、精一杯執筆いたします。

二つ目です。今は正にアニメが放送されている真っ最中（のはず）です。そしてこの本は一冊目の『魔法少女育成計画』に登場する十六人の魔法少女を様々な角度から描いた短編になっています。つまりアニメから入ってきて「おっ、『魔法少女育成計画』の本が出てる。私の好きなマジカロイド（※マジカロイドの部分はお好みの魔法少女名に変更してください）が出てる短編もあるのか。よっしゃ買ったれ」というまほいくビギナーの方がどこかに潜んでいないとも限らないのです。ビギナーの方があとがきを見て「この作者反社会的だから読むのやめよう」となったらとても困ります。常連の方におきましては大変堅苦しい思いをさせてしまうかもしれませんが、なにとぞご容赦ください。

いや、勿論新規読者にばかり配慮してアニメ化前から支えていただいた皆さんをぞんざいに扱っているわけではありませんよ。熱心なファンだからこそ楽しめる要素もそこかしこに、メアリ印の地雷のようにたくさん埋めてあります。

あの悲劇の原因がこんなところにあったなんて。この後すぐにあんなことになってしまったんだな。この短編だとこんなに明るく元気なあの子も……。今まで読んできていただいたあなただからこそ満足できる書き下ろし短編の数々をご用意しました。

そして、『特別編集版　魔法少女育成計画』に掲載されていた短編、『女騎士の孤独な戦い』です。『魔法少女育成計画』史上最もセクシャルな短編ではないかと識者にいわせたあの短編（暫定二位・『オフの日の騎士』）が、よりパワーアップして帰ってきました。

以前、私はちょっと盛り過ぎまして、紙幅の都合上泣く泣くカットした箇所がいくつか出てしまいました。今回、満を持してディレクターズカットバージョンをということになったのですが、今回は今回で「嗜好がおっさんになっています」という指摘を受けて結局修正を重ねましたが、それによってより高みへ至ったと自負しております。

ご指導いただきました編集部の方々。そしてS村さん。ありがとうございます。

マルイノ先生、素敵なイラストをありがとうございます。ねむりんとスイムの白い表紙には驚かされました。珠の笑顔には添えられたコメントの通り人生を感じ、静かに涙ぐみました。目の回るようなお忙しさという噂を小耳に挟みました。どうかご自愛ください。

帯コメントをいただきましたねむりん役の花守ゆみりさん、魔法少女達を熱演していただいた声優の皆様、アニメスタッフの皆様、大変素敵なアニメにしていただきありがとうございました。放送開始前、先行でいただきました第一話を観て魂を震わせ短編執筆の糧としました。ブルーレイは視聴用と別に家宝用を自費購入する予定です。

そして最後にお買い上げいただいた読者の皆様、本当にありがとうございました。アニメから入って原作を手にし、その後この短編集をお買い上げいただきましたそこのあなた。『restart』以降も面白いですよ。ええ、宣伝ですとも。

"珠"の人生に
ほめてもらえた
瞬間があって
よかったです.
ここほれ
たまちゃん!!
ありがとう
ございました!

本書に対するご意見、
ご感想をお待ちしております。

| あて先 |

〒102-8388　東京都千代田区一番町25番地
株式会社 宝島社　書籍局
このライトノベルがすごい! 文庫 編集部
「遠藤浅蜊先生」係
「マルイノ先生」係

このライトノベルがすごい! 文庫 Website
[PC] http://konorano.jp/bunko/
編集部ブログ
[PC&携帯] http://blog.konorano.jp/

MAGIACAL GIRL RAISING PROJECT

TVアニメ「魔法少女育成計画」特別資料集

SPECIAL REPORT

TVアニメ
「魔法少女育成計画」の
アニメ現場を覗き見して
こっそり情報を入手したぽん!
ファヴと一緒にみて
みるぽん!

ご案内
ファヴ

魔法少女
育成計画
magical girl Raising project

TVアニメ「魔法少女育成計画」

Staff

原作
遠藤浅蜊

原作イラスト：**マルイノ**
監督：**橋本裕之**
シリーズ構成・脚本：**吉岡たかを**
キャラクターデザイン：**愛敬由紀子**
アニメーション制作：**Lerche**
プロデュース：**GENCO**

オープニングテーマ
「叫べ」沼倉愛美(FlyingDog)

エンディングテーマ
「DREAMCATCHER」ナノ(FlyingDog)

Cast

スノーホワイト：**東山奈央**
リップル：**沼倉愛美**
ラ・ピュセル：**佐倉綾音**
トップスピード：**内山夕実**
カラミティ・メアリ：**井上喜久子**
ねむりん：**花守ゆみり**
ルーラ：**日笠陽子**
スイムスイム：**水瀬いのり**
ミナエル：**松田利冴**
ユナエル：**松田颯水**
たま：**西明日香**
マジカロイド44：**新井里美**
シスターナナ：**早見沙織**
ヴェス・ウィンタープリズン：**小林ゆう**
森の音楽家クラムベリー：**緒方恵美**
ハードゴア・アリス：**日高里菜**
ファヴ：**間宮くるみ**

魔法少女大図鑑

スノーホワイト

リップル

ラ・ピュセル

トップスピード

カラミティ・メアリ

ねむりん

ルーラ
スイムスイム

ミナエル＆ユナエル

たま

マジカロイド44

シスターナナ

ヴェス・ウィンタープリズン

森の音楽家クラムベリー

ハードゴア・アリス

解剖!
スノーホワイト

profile

本名：姫河　小雪（ひめかわ　こゆき）

学年：中学2年生

好きなもの：家族、友達、魔法少女

嫌いなもの：悪党魔法少女

魔法：困っている人の心の声が聞こえるよ

姫河小雪の暮らし

小雪の家

小雪の部屋

小雪のマジカルフォン

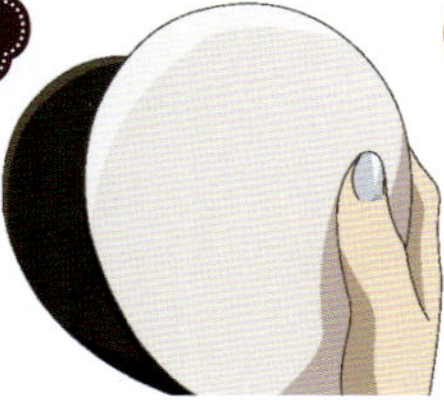

▲マジカルフォンはスライドすると
ハート型のシルエットに

スノーホワイトの
名にふさわしい、
純白の端末だぽん。
運営からの連絡などに
使われるぽん。

キューティーヒーラー

◀原作イラストのマルイノ先生がアニメのために描き下ろしたデザイン案

小雪にとって思い出深い
魔法少女アニメだぽん。

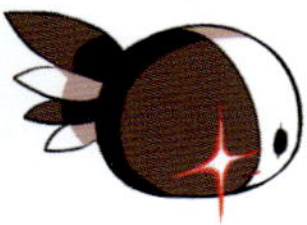

このライトノベルがすごい!文庫

魔法少女育成計画　16人の日常

(まほうしょうじょいくせいけいかく　16にんのにちじょう)

2016年10月29日　第1刷発行
2024年 4 月 2 日　第2刷発行

著　者　遠藤《えんどう》浅蜊《あさり》

発行人　関川 誠
発行所　株式会社 宝島社
〒102-8388　東京都千代田区一番町25番地
電話：営業 03(3234)4621 / 編集 03(3239)0599
https://tkj.jp

印刷・製本　株式会社広済堂ネクスト

ISBN978-4-8002-6369-8